偉大なる夢

江 戸 川 乱 歩

春　陽　堂

目次

偉大なる夢

巨人の脈搏

世界の国という国がその総力をかたむけ、大地球の全面をゆるがして戦いつつある時、日本国の威力が東半球を風靡し、つい四、五年前までの国民には架空の夢でしかなかった偉大なる事業が、いま彼等の眼前に実現されつつある時、前線の勇士達は、その一人一人が神となって今の世の神話を創造しつつある時、聖戦完遂の心臓部、日本陸軍省はひねもす夜もすがら、頼もしく力強き搏動をつづけていた。

この巨大なる心臓は、些々たる戦況に一喜一憂することなく、如何なる場合にも冷静にがっしりと規則正しく脈搏っていたが、しかし極めて稀には、大いなる憂い、大いなる喜びのために、その鼓動を早めることがないとは云えなかった。陸軍大臣官房の少年給仕高橋喜一は、少年の敏感さをもって、時としてこの巨大なる脈搏の変調を直感することがあった。

今日も、高橋少年はその変調をひしひしと身に感じていた。実にただならぬ気配であった。真珠湾攻撃の歴史的報告がもたらされた時、昭南島攻略、コレヒドール攻略の快報に接した時、巨人の心臓も流石に大きく脈搏ったのであるが、今日の気配はそれらとは全く種類を異にし、しかもそれらの場合と同じほどの、或はそれ以上の重大性を持っているかに直感せられた。もしかしたら、これは喜びの胸騒ぎではなくて、大いなる憂いのためのものではないのかと、一少年給仕すら、全身に脂汗の流れるような興奮を覚えたのである。午後三時頃から、大臣室に隣りする小会議室に何かしら極めて重大な秘密会議が開かれていた。高橋少年はこの種の会議は列席者が少なければ少ないほど、却って重大であることをよく知っていたが、今日の会議の列席者はごく少数であった上に、その顔触れが日頃の省内の会議などとは全く違っていることが、先ず彼に異様な感じを与えたのである。

　会議室のドッシリと重い楢のドアを開き、それぞれ常にない緊張の面持で室内に消えた人々のうち、半数以上は顔見知りの高官であった。陸軍大臣、参謀次長、航空技術本部長、兵器行政本部長、悉くが最高の長官ばかりである。

外に背広服の人が三人、その内の一人は、同僚の少年給仕が失礼にもクスクスと忍び笑いを漏らしたほど風采の上がらぬ老紳士であった。五尺に足らぬ小男の上に、少し腰が曲がっているので、まるで一寸法師のような感じがした。折目の全く見えぬ羊羹色の黒の背広、行儀悪く背広の襟をはみ出している鼠色のカラー、今にもほどけ落ちそうなネクタイ、その上に棕櫚帚のように伸び放題にした胡麻塩頭の痩せた黒い顔が乗っている。何週間も剃ったことがないのであろう、白髪まじりの赤茶けた鬚が、頬と頭とを蔽（おお）い隠し、あまり恰好のよくない大きな鼻の上に、小さな玉の古風な眼鏡（めがね）が、今にもズリ落ちそうにひっかかっている。どう見ても陸軍大臣と同席する風采ではない。

　密閉された大扉の中で、会議は三時間以上もつづいた。その間、省内の人々は会議室前の廊下に近づくことすら禁じられていた。大臣の秘書官さえも例外ではなかった。これほど厳重な秘密会議は数カ月来例のないことである。会議半ば午後五時頃、一度だけ密閉された大扉が開いた。そして、その中へ立ち入る光栄を与えられたのは高橋少年ともう一人の給仕であった。屋内電話によって、航空技術本部長自身の口から、七人分のサンドイッチと紅茶が命ぜられたのである。

　二人の少年は食堂から、大きな盆にのせた紅茶とサンドイッチを会議室に運んだ。高橋少年は、こういう場合の会議室内の光景に慣れていた。そこには一種のお芝居ともいうべきものが演ぜられているのを常とする。会議の参列者達は、それが真剣な会議であればあるほど、給仕などの入って行った時には、フッツリと密談をやめて、取ってつけたような冗談を取り交わし、さも呑気（のんき）らしく笑い興じているのである。日頃真面目な陸軍大臣の口から、思わず吹き出すような洒落（しゃれ）が飛び出すのは、必ずそういう場面においてであった。

ところが、今宵は全く様子が違っていた。談話がフッツリ途切れたのはいつもの通りであったが、予期した冗談をいうものは一人もなく、一座はシーンと静まり返っていた。日頃物に動ぜぬ高官達の顔が、何事かただならぬ興奮に青ざめているかとさえ思われた。室内の空気までが、はち切れんばかりに緊張していた。

その中にただ一つだけニコニコしている顔があった。例の不精鬚の風采の上がらぬ老紳士である。敏感な高橋少年は、一目見たばかりで、一座の中心人物が、陸軍大臣でも参謀次長でもなく、意外にもこの怪老人であることを直感した。ニヤニヤした不精鬚を取り囲んで、六つのいかめしい顔が、緊張に青ざめて微笑だもしない有様は、何だかびっくりするような、途方もない光景であった。

陸軍大臣は肘掛椅子に深々と凭れ、右手で口髭をおさえるようにして、上眼遣いに宙を見つめていた。引き締まった頬が緊張のためにピリピリ震えているのではないかとさえ思われた。参謀次長は肥った身体を前かがみにして両手を膝につっ張り、じっと怪老人を見つめていた。その大きな両眼が異様に鋭くキラキラとかがやいていた。高橋少年には、それが決して憤りの表情ではなく、驚嘆と歓喜の混じり合った表情のように感じられた。

他の二人の軍服の長官は、申し合わせたように腕組みをして、青ざめた顔でじっと前方を睨んでいた。その目の輝きは、圧えても圧え切れぬ興奮を語るものであった。

背広の二人の人物も、その表情は同様であった。一人は無闇に煙草をふかしていたが、一吸いごとに煙草持つ手を灰皿に叩きつけて、まだたまりもしない灰を落とそうとしていた。その手先が、かすかに震えているのが、高橋少年には何か恐ろしいもののように感じられた。

二人の少年は、自分達の息遣いにさえ注意しながら、うやうやしく紅茶とサンドイッチの皿を配りおわると、追われるように室を出た。室内の緊張が彼等にも感染していたものと見え、楢の大扉を閉めた時には、ホッと溜息が出たほどであった。

陸軍省の給仕達は、省内の出来事について、何かと噂することを堅く禁じられていた。殊に大臣官房付きの二少年は、高官の前に出ることが多いため、一層厳重な躾をうけていたので、仲間同士でさえ、心に思うままを口に出すことはしなかった。二人はそのまま何気なく彼等の控室に下った。

神経質な高橋少年は、その夜自宅に帰って床に入ってからも、会議室の異常な光景を忘れることができなかった。彼の経験によると、そういう重大な会議のあった数日後には、必ず何らかの形で世間を驚かすような発表が行われるのを常とした。あの奇妙な紳士を取り囲んでの秘密会議は、一体どんな発表となって現われるのであろうと、彼はそればかり心待ちにしていたが、一週間たっても、一カ月たっても、それらしい出来事は何も起こらなかった。高橋少年にとって、その日の重大秘密会議は永遠の謎であった。

脳髄の断崖

高橋少年を不思議がらせた老紳士は、会議が終わると、陸軍省の自動車によって、鄭重（ていちょう）に自宅まで送りとどけられた。

老紳士は自動車の客席におさまると、何かブツブツひとりごとを云いながら、じっとしていられないように、しきりと身動きをした。果ては狭い車内に立ち上がろうとでもするように、幾度も腰を上げては、天井で頭を打った。自動車が急に曲がった時などは、客席の床に尻餅をついたほどである。

会議室では老紳士はニヤニヤ笑っているばかりで、興奮していたのは他の六人の高官達であったが、今や老紳士自身が興奮しはじめ、まるで酔っぱらいのようにもがき狂っているのだ。狂いながらも、彼は大事そうに小脇に抱えた大きな折鞄（おりかばん）を、決して手放さなかった。その中には余程大切なものが入っているのに相違ない。

車上の人の狂態にはお構いなく、間もなく車は麻布区××町の古い屋敷町に着いていた。そして、とある横丁の生垣に囲まれた住宅の、低い石門の前に停車した。表札には、「五十嵐東三」とある。

自動車を帰すと、老紳士は躍るような足どりで自宅の玄関に辿りついた。いつもとはまるで様子の違う主人を、びっくりして出迎えている女中に、

「新一はいるか。ウン、いるなら、すぐわしの書斎へ来るように云ってくれ。大事な話があるからとな。いいか、すぐにだよ」

といい捨てて、着換えもせずに奥まった書斎へ急いだ。

しっかり抱えていた大きな折鞄を、ドサリと机の上に置いて、廻転椅子に腰かけたが、腰かけたかと思うと、すぐにまた立ち上がって、書斎の中をグルグルと歩き廻る。歩きながら、まるで演説でもしているように、両手を顔の前で振り動かすのだ。

「お帰りなさい」

開け放しの扉の外に、二十五、六歳の青年が立っていた。老紳士とは似ても似つかぬ整った顔立ちの、非常に色の白い青年である。銘仙飛白の袷をキチンと着て、素足にスリッパを穿いている、その足が女のように白くて美しい。

「ウン、新一か。お前に話があるんだ。お母さんはどうしている。寝ているのか」

「エエ、まだとても起きられませんよ。もう二、三日は寝かせておかなくっちゃ」

「ウン、あれの持病にも困ったもんだな。しかし、そんなことはマアどうでもいい。お前に話があるんだ。今夜は、お前に一大事を打ちあけなくちゃならん。お前は明日から警視庁の翻訳係をやめるんだ。いいか。そして、わしの助手をやって貰わなくちゃならん」

「エ、勤めをやめるって？」

新一はあっけにとられて、まるで別人のようにはしゃいでいる父の顔を眺めた。彼は今まで父にこんな躁狂的な多弁な半面があろうとは、少しも知らなかったのである。

「ウン、マアいいからそこへ坐れ。話があるんだ。びっくりするような話があるんだ。お前がびっくりするばかりじゃないよ。日本中がびっくりするんだ。イヤ、世界中がびっくりするんだ」

新一は長椅子に腰をおろして、心配らしく父の顔を見つめた。五十嵐氏はその前を行ったり来たりしながら、狂人のように喋りつづける。

「新一、お前は顔がお母さんに似ているばかりじゃない。心持もお母さんそっくりだ。わしとは顔も性格もまるで違う。何となくうちとけない親子だった。お前とはついぞしみじみと話をしたこともなかった。だが、今夜は何もかも打ちあける。新一、お前もお母さんも、このわしが何者であるか、少しも知ってはいないのだ。むろん、七年前、城東航空機製作所をやめるまでの、工学博士五十嵐東三については、お前達もよく知っていた。しかし、その後わしが何をしていたか、現在のわしが何者であるか、同じ家に住んでいながら、お前達は、まるで知らないのだ。

「わしはこの七年間、お前達からも、友達からも気違い扱いを受けて来た。頭が変になった失職技師として物笑いの的になって来た。世間の凡人共の目には、わしは正に一人の気違い親爺にすぎなかったのだ。彼等には偉大なる夢を理解する力がなかった。彼等は一に二をたせば三だとしか考えられないのだ。それが八にも十にもなり得ることを知らぬのだ。おこがましいことを云うようだが、わしが世間から受けた軽蔑は、コペルニクスが当時の世間から受けた軽蔑と同じものであったのだ」

新一は目を丸くして、狂ったような父の饒舌を聴いていた。日頃控え目で黙り屋の父が、こんな誇大妄想狂のような熱弁を振るおうとは、全く思いもかけぬことであった。夢でも見ているのではないかと、わが目わが耳を疑う外はなかった。

五十嵐老博士は、まだ長椅子の前を右に左に歩きつづけながら、顔を赤らめ、目を輝かせ、二十歳の青年の情熱をもって、止めどもないお喋りをつづけるのであった。

「新一、お前は語学の方をやったのだから、数学には暗い。わしの専門のことは理解する力がない。だが、わし達科学者の任務がどこに在るかは知っているだろう。それは不可能を可能にすることだ。昔の人間は鳥の飛翔力に憧れた。人間が自在に空を飛び得たらという不可能な夢を抱いた。科学者は、その不可能を可能にしたのだ。

「鳥以上の速さで空を飛び得るようになると鳥などという生物を相手にしないで、今度は音という無生物を競争者とした。世界中の科学者が、音の速度をのりこすために脂汗を絞っている。人間の力で音の速度をしのいだものは、今のところ砲弾ばかりだが、飛行機は砲弾の早さに憧れているのだ。音よりも早く飛ぶということは、うしろの物音は絶対に聴くことが出来ないということだ。背中で爆弾が破裂しても、その音が聞こえないのだ。新一、この意味が分かるかね。わしはうしろに音のない状態を創造するために、七年というもの夢中になって来たのだよ」

老博士はこの時、歩きつづけていた足を止めて、新一に隣り合って長椅子に腰をおろした。白皙長身の子と、白髪まじりの不精鬚につつまれた異相矮軀の父とは、まことに奇妙な対照である。

老人が聴き手のとなりに腰かけたのは、声を低めるためであった。彼は一大事を打ちあけるかのごとく、突然圧し殺したようなささやき声になった。

「ところが、そういう苦労をしている間に、一つの奇蹟が起こったのだ。いいかね。凡庸な科学者の頭はいかに努力しても算術級数的にしか進まないものだ。航空機にのせる発動機の力を一千馬力から千五百馬力、二千馬力とじりじり増して行くということぐらいしか考えつけないのだ。

「しかし、天才的な科学者の頭には、奇蹟がおこる。彼の能力は幾何級数的に進む。イヤ、それどころではない、断崖的に進むことがあるのだ。全く常識では想像もおよばないような奇蹟的着想を摑むことがあるのだ。誰でも知っている歴史上の例を上げれば、コペルニクスがそうだ。ダーウィンがそうだ。アインシュタインがそうだ。

「生物の進化は、一から二と算術級数的にじりじり進むものだが、時としては断崖的進化の起こることがある。進化論では、これを突然変異といっているが、それがつまり奇蹟なのだ。その奇蹟が、脳髄の奇蹟が、新一、このわしに起こったのだよ。

「いいかね。わしは音波の速度と競走することをやめて、光波と競走しだしたのだ。むろん、音などとは比較にならぬ速度を持っている光に追いつくことは、まだ遠い夢にすぎないが、兎も角そこに一つの飛躍が起こったのだ。光と同じ早さで飛ぶということが何を意味するかお前に分かるかね。それは飛んでいる当人には、この世の時間というものが無くなることなのだ。若し光を追い越す早さで飛べたならば、時間が逆転し出すのだ。歴史がさかさまになるのだ。弾丸が的(まと)から銃口に飛び帰るのだ。

「あの超遠距離砲を発明したドイツ人が、弾道に成層圏を利用するという着想を得たのは、確かに断崖的飛躍であった。飛行機の速度を増すために通路を成層圏にもとめるという着想も、脳髄の奇蹟の一つだということができる。わしもむろん、それに無関心ではない。しかし、わしの考えは、動力そのものに集中されていたのだ。動力の突然変異だ。わしはその秘密をにぎった。

「わしは砲弾よりも早い航空動力を発見した。もうわしの競争相手は光の外にはなくなったのだ。その機構はお前にさえ、まだ説明する時期ではない。またたとえ説明しても、お前には理解する力がないのだ。わしの頭の中でその機構が完成したのは、一年前のことであった。それを具体的な設計図にあらわすために、半年あまりを要したのだ。わしは夜の目も寝ないで、細かい数字と取り組んだ。あらゆる細部を再検討した。あとは、もう試作に着手するばかりとなった」

老博士の声はいよいよ低く、いよいよ力がこもって来た。

「今から三月ほど前、わしはこの設計図を、極秘の内に航空技術本部の最高技術者に見せたが、その男をすっかり納得させるのに一カ月半もかかったのだ。わしはその男の私宅にお百度(ひゃくど)(注1)をふんで、人を遠ざけた部屋で二人さし向かいになって、幾晩も議論を戦わせた。細かい数字の計算をやった。その結果、流石に疑い深いその男も、とうとうわしの設計が確実無比であることを承認した。もっとも優秀な専門家を納得させるのにさえ、それだけの手数と時間を要したのだよ。

「わしの設計を確認した時、その男は、本田という少将の工学博士だが、丁度さいぜんわしがしていたように、わしの目の前で部屋の中をグルグル歩きまわった。そして、何度も両手を振り上げて、えたいの知れぬわめき声を立てたものだ。

「それから、この試作計画を国家が採用するまでに、また一カ月半の手間がかかった。本田少将が関係方面の最高首脳者を説得してくれたのだが、誰も急には信用しなかった。それほどわしの新動力は断崖的着想なのだ。不可能の幕が一枚ずつはがれて、可能の実体を摑むために、聴き手の頭は一世紀の飛躍をしなければならなかったのだ。

「だが、とうとう今日の最終会議まで漕ぎつけることができた。わしは今日初めて陸軍大臣と参謀次長に会った。お二人とも、わしの着想については、予め聞いておられたが、何をいうにも専門家ではないのだから、いよいよ採用という決定を見るまでには、ずいぶん手数がかかった。今日も陸軍省の会議室で、三時間も費して理論の蒸し返しをやったものだ。むろん十分に分かっていただくことはできなかったが、航空技術本部長と本田少将の裏書きが物をいって、最後の断案が下された。いくら費用がかかっても構わん、至急、試作に着手せよということであった。

「しかしわしの設計図をそのまま使うわけには行かない。航空技術本部から、機構の細部について、いろいろな注文が出ている。それに全体としての航空機は、決してわしの能力で設計できるものではない。機体設計の専門家の助力を乞わなければならぬし、成層圏航空の権威者にも参加して貰わなければならぬ。完全な設計図ができるまでには、昼夜兼行でやっても二カ月はかかるのだ。その間、わしとわしの協働者のために、長野県の山奥にある或る貴族の別荘が貸し与えられることになった。

「エ、新一、わしがこれほど興奮している意味が分かるかね。陸軍大臣が顔色を変えたほんとうの意味が分かるかね。わしの動力は、成層圏という無抵抗の通路を勘定に入れないでも、現にどこの国の飛行機でも飛んでいる亜成層圏を通るとしても、東京ニューヨーク間を五時間で飛べるのだよ。五時間だよ。エ、新一、あらゆる細部にわたる精密な計算がこれを確証しているのだ。本田少将がおどり出した意味がここにあるのだよ。

「一千台の新爆撃機が、翼を揃えてニューヨークの空に殺到する日を考えてごらん。ロンドンの空を蔽う時を考えてごらん。国民が快哉を絶叫する声が聞こえるようじゃないか。そこでこのわしが何者であるかということが分かったかね。エ、新一、わしは

「一体何者だね」

老博士は椅子から立ち上って、また室内をグルグルと廻りはじめた。目に見えぬ敵に突撃でもするかのように、握り拳を打ちふりながら、いつまでも歩くことをやめなかった。

予感

老博士の無邪気な若々しい興奮は、それから三十分ほどしてやや下火になっていた。

「ワハハハハ、わしがこんなに快活に身振りをしたり、怒鳴ったりしたのを、お前は物心ついてから見たことがないだろう。わしも今夜は中学生時代に返ったような気がしている。

「新一、わしは今妙なことを思い出したよ。子供の時分、お婆さんから何度も聞かされた昔の富籤（とみくじ）の話だ。千両とかの一番籤に当たった奴が、嬉しさの余り気が狂ったという話だよ。非常な喜びは人間を気違いにするものだ。だから、今夜はわしも少々気が変になっているのかも知れない。

「人間の智慧による航空技術が果てしもなく進歩するという事は、謂わば宿命的な必然なのだ。今度の発見にしたって、わしが気づかなければいつかは誰かが気づく筈だ。ただわしは幸運な先鞭をつけたというまでだよ。だが幸運には違いない。殊にこの世界大戦のさなかに、日本人のわしがそれを発見したというのは、何か厳粛な天意のような気がする。わし自身のことは兎も角、おこがましい云い分だが、国家の一大幸運だ。十時間で地球を一周するという、この新しい飛行速度は、確実に戦局を一変させる威力を持っている。今日も戦術の最高権威者がそれを保証せられたくらいだ。

「目下の戦局を一変させるということは、つまり歴史を変えることだ。新しい歴史を創造することだ。日本の一技術者五十嵐東三が、五尺に足らぬこのみすぼらしい老人が、世界の歴史を作りかえるということになるのだ。エ、新一、わしが少しばかり気が変になるのも無理ではないだろう」

長椅子の横の小卓に、番茶を入れた大きな湯呑みが二つ並んでいた。今し方女中に運ばせたものだ。博士はその一つを取って、ゴクゴクと一息に飲み干し、そのまま腕組みをして目をつむって、深々と長椅子に身を沈めた。

全く聞き役ばかりを勤めていた新一は、この時、同じ長椅子の上で、グッと父の方に向き直って、やや改まった調子で口を切った。

「僕にはまだ、よくのみこめませんよ。僕は科学のことは分からないし、それに夢のように大きな問題なんだもの。しかし、僕はお父さんの言葉をそのまま信じる。そして、そういうお父さんの子である事を誇らしく思います。

「お父さんが永い間、何だかむずかしい科学上の問題と取り組んで、苦しんでいたことは知っています。だが、それがこれほど大きな問題だろうとは誰も知らなかったのです。

「お母さんなんか、世間体を苦にして、いろいろ口やかましく云いましたね。僕だって、心の中ではお母さんに同感していなかったとは云えない。お父さん、勘弁して下さい。すみませんでした。

「お父さんの発明が、世界の歴史を変えるということは、僕のような凡人には、まだ漠然としか分からない。余り大きすぎて、その意味が摑めないのです。しかし、僕は喜んでお父さんの助手をつとめますよ。警視庁の方へは明日にも辞職願を出します」

「ウン、そうするがいい。わしの助手をやっている内には、だんだん、科学者というものが、どんな風にして歴史を作り変えて行くかということが分かって来る筈だ」

老博士は瞑目したまま、静かに答えた。さい前までの躁狂的興奮は、最早全く去ったように見えた。

「ところで、お父さん、僕はさっきから、一つお父さんに注意したいと思っていることがあるのですよ」

　新一は、少し声を落として、真剣な顔つきでいった。

「ウン、何だね？」

「そのお父さんの重大な発明が、敵国に知れる心配はないかということです」

「それは大丈夫だよ。このことを打ちあけて話した人は、お前をまぜて七人しかない。しかもその大多数は、そうだね、七人のうち五人までが、専門家ではないのだから、わしの考案を学問的に理解してはいない。お前もその一人なんだがね。

「残る二人、というのはさっき話した本田少将と、もう一人同じ役所の優秀な技術官だが、この二人は十分わしの発明を理解している。そうでなければ、これが陸軍に採用される運びにはならなかったわけだからね。しかし、その二人の専門家でも、理解はしているが、それなら、わしに代わってこれを設計することができるかというと、そうは行かない。この考案の最も根本的な部分は、わしでなければ分からないのだ。設計図にも現われていない。それがどういう原理に基くかということを、ごく抽象的に説明してあるに過ぎない。その抽象原理を具体化するために、わしは丸三年の日子を費している。しかも、ある極めて偶然な幸運がなかったら、到底完成することができなかったほどの難問題なのだ。つまり、この考案の肝腎要の部分は、わしの頭の中だけにあるのだよ」

「それならば心配はありませんね。しかしたとえ原理だけにもしろ、敵国に知られることは、戦略上からいって、非常な不利ですよ」

「新一、お前は警視庁に勤めたせいか、馬鹿に疑い深いね。陸軍技術関係の最も重要な位置にいる帝国軍人が、国を売るような真似をすると思うのかね」

新一はそれを聞くと、急いで手を振った。

「イヤ、僕はそんなことを云っているんじゃないのです。お父さんの話をした七人の外に、このことを知ったものが、あるかどうかということです」

「むろん、そんなものがある筈はない」

「お父さん、僕を疑い深いというけれど、お父さんこそ、現代の諜報技術をよく知らないのですよ。諜報技術も科学の一種です。そんなことができる筈はないと思うようなことを、技術の力で易々とやってのけるのです。不可能を可能とするのです」

新一は白い頬を少し赤らめて、熱心にいうのである。

「お父さんは、本田少将を納得させるのに一月半もかかったといいましたね。度々その人の家を訪問したのでしょう。そこには家族もいるし、雇人もいる筈です。又、お役所には給仕や小使もいます。そういう人達は、お父さんが話している席へお茶を運んだり、用事で呼ばれたりしたに違いありません。その時、何か重要な会話を小耳にはさまなかったとは云えないじゃありませんか。

「立ち聞きをするという手もあります。専門のスパイなれば、その部屋のちょっと気のつかぬ場所にマイクロフォンを仕かけて、遠くから盗聴することだって出来ます」

老博士は古風な老眼鏡の中で、目をぱちくりさせた。

「フン、流石は警視庁仕込みだな。だが、仮りに日本人にそういう売国奴がいるとしてもだね、敵国への通信の途が全く断たれているじゃないか。日本で自由に生活している敵国人なんて一人もいないのだし」

「中立国の外人が沢山いますよ。その中には素姓の曖昧なのがないとは云えません。それから重慶から潜入して来る支那人もいないとは限りませんからね。

「僕は警視庁外事課の翻訳係を拝命して、まだ一年余りだけれど、その短い間にも随分いろいろな実例を見ました。間諜という奴は実に油断のならぬものです。まるで手品師ですからね。どんな小さな隙間からでも入って来るのです。そして忽ち諜報網を張りめぐらしてしまう。今日本に敵国の間諜がいないなんて思ったら、とんでもない間違いです。有形無形の間諜が、国内の到るところにウヨウヨしているといってもいいくらいですよ」

老博士は長椅子から立ち上がり、曲がった腰をグッとのばして、両手を頭の上に振り上げ、体操でもするような恰好をした。

「ウン、分かった。分かった。わしの記憶するところでは、これまでに盗み聴きなんかされた心配は全くないと思うよ。だが、今後はその点を余程注意しなければならん。その方の専門家のお前が助手になってくれるんだから、マア安心なわけではあるがね」

「エエ、設計のお手伝いは駄目だけれど、その方では、いくらかお役に立つかも知れません。僕もこれからは十分に注意しますよ。僕はさしずめ、お父さんの発明の護衛役ってわけなんですね」

父と子は顔見合わせて、声を立てて笑った。

老博士は例の大型の折鞄を大事そうに小脇に抱えて寝室へ退いたが、新一は一人あとに残って、長い間、長椅子に腰かけたまま身動きもしなかった。父の発明の重大さがようやく分かって来たのであろう。それが地球全体の運命を左右することを、今こそひしひしと感じはじめたのであろう。彼の美しい顔は心もち青ざめ、白い額から恰好のよい鼻にかけて、細かい脂汗の玉が浮かび、うつろな両眼は、眼前三尺の空間を見つめたまま、いつまでも動かなかった。

白堊館（ホワイト・ハウス）の密話

大統領ルーズベルト(注2)は白堊館階上の私室に入って、ぴったりドアを閉めると、赤ん坊のような足どりでヨタヨタと安楽椅子に辿りつき、深いクッションの中へ、ぐったり身を沈めた。ドアの外には、戦争以来うるさくつき纏（まと）っている拳闘選手上がりの巨大漢が、例の如く腕組みをして、厚い唇をへの字に結んで突っ立っているにちがいない。だが、部屋の中には誰もいない。大統領はやっとのことでただ一人になることが出来たのである。

彼はひどく疲れていた。日頃疲れを知らぬことを自慢にしていた彼も、人間の心力、体力には限りがあるという事実を認めないではいられなかった。それに、持病の下半身の小児麻痺が、再び悪化しはじめていた。以前のように車椅子のご厄介になるほどではないが、長い距離を歩く時は、人杖（ひとづえ）にすがらなければ、転倒のおそれがあった。従来彼はそれを明るい気分で征服し来（きた）ったのであるが、今では、時折妙な気持に襲われることがあった。腰から下に全く力がないというこの肉体上の欠陥が、知らず識らずの内に彼の精神をも不具にしているのではないかという、通り魔のようなゾッとする不安である。

彼は大きな椅子の凭れに埋まったまま、両肘を張り、両の握り拳の背を目にあてて、黒ずみ弛んだ瞼を、ゴシゴシとこすった。これは彼の手癖にすぎないのだが、全体の姿勢がぐったりと窶れているので、大統領が子供のように泣き出したのではないかと見誤れるのであった。

彼の脳髄の整理棚は、あらゆる重要な書類ではち切れそうになっていた。その内から比較的重要でない書類を抽き出して、破り捨て忘れ去ることが彼の最も大きな仕事の一つとなっていた。でなければ、更に重要な新しい書類の入れ場所がないからである。

整理棚の中には、赤紙の目印をつけた書類が幾つかあった。これは彼の脳髄に焼きついたようになって忘れるに忘れられず、異常な圧迫感をもって彼を苦しめている国内国外の諸事実であるが、その中でも「ニッポン」という見出しのあるものは、棚の中で一ときわ目立つ圧迫的な書類であった。

彼は日本の経済力、生産力を軽蔑していた。自国の国民性に引き比べて、日本人もその点で間もなく音をあげるものと思い込んでいた。ところが、最近、各方面から集まって来る秘密情報は、彼のこの確信をぐらつかせるようなものばかりである。経済力の薄弱は、日本国民の奥底の知れぬ忠誠心と忍耐力によって、十二分におぎない得るのではないかという不安が、万事に楽観的な彼の心の隅にも、不吉な黒雲となってモクモクと湧き上がっていた。

しかし、それよりももっと恐ろしいのは、日本の持つ人間の量と質の問題であった。彼の国では国民の動員が殆どその極限に達しているのに、日本では二十歳以下の青年は、まだ軍隊に召集されていない。「あの小さな島の中に、十七歳から二十歳までの若者が、全く手つかずのまま、ウジャウジャと無数に待機しているのですぞ」というのがマーシャル参謀総長の口癖であった。その声が今、脅かすように彼の耳朶を打っているのである。

その量よりも質の点に至っては、更らに不気味であった。日本人は欧米人の科学では割り切れない何か神秘な力を持っているように思われた。「奴らは死ぬにきまっている場合でも、傍目もふらず死そのものに向かって突進して来るのです。奴らは怪物です。ハラキリを平然として一つの儀式としてやってのける国民ですからね。われわれの心理では想像も出来ない人種ですよ」いつか前線から帰った一将軍が異様に真剣な表情で彼に告げたのが思い出された。

ルーズベルトはもう一度握り拳の背で弛んだ瞼をこすった。そして、心中の不安を払い除けでもするように、大きな手の平で、椅子の肘掛けをトントンと叩きながら、部屋の中を見廻した。テーブルの上には古代戦艦の模型、壁には舵輪の装飾、額の中はあらゆる時代の船の絵と写真、ヨット遊びやバハマ湾の魚釣りの楽しい記憶がよみがえった。それらの楽しみが遠い昔の夢のように感じられた。この頃ではウォーム・スプリングスの別荘へも、すっかり遠退いている。健康のための温浴水泳さえ心にまかせぬ忙しさだ。

今宵とても、公式の政務は終わったけれど、まだ寝室へ退くことは出来ない。先程、陸軍長官スチムソン自身、軍の機密局長オブライエン同伴で、重要な報告にやって来るという電話があり、階上の私室で待っていると答えて置いたからである。

大統領はポケットから大きなパイプを取り出し、煙草をつめライターの火を点じた。それを銜えてスパスパやりながら、両手を肘掛けに突っ張って、不自由な身体を起こすと、ヨチヨチと窓際まで歩いて行き、厚いカーテンの合わせ目をソッとかきわけて、真暗な庭の芝生を見おろした。

市中の灯火管制は、対外宣伝の意味もあって、この頃ややゆるめられているが、白堊館のまわりは殆ど空襲管制に近い暗さであった。庭のところどころに燐光灯が薄ボンヤリと光っている外は、墨を流したような一面の闇である。目がなれるに従って、その闇の中に闇よりも黒いものが、あちこちに蠢いているのが見分けられる。大統領の身辺を遠巻きにする護衛兵達だ。

ルーズベルトはパイプを銜えたまま、チェッと舌打ちをした。何だか大犯罪者が警官隊に取り囲まれてでもいるような、不愉快な錯覚を感じたからである。廊下には拳闘選手が口をへの字に曲げて立っている。階段にも下の廊下にも数え切れない程の護衛がいる。しかも、今待ち受けている相手というのが、軍の機密局長である。明けっぱなしな大統領は、そういう圧えつけられるような雰囲気が大嫌いであった。

少しイライラしはじめた頃、漸くドアが開いてスチムソン長官が、四十五、六歳のひどく背の高い痩せた男をともなって入って来た。両人とも背広姿であった。大統領は恭しくたたずんでいる機密局長の顔をじっと見つめた。むろん顔見知りではあるが、直接口を利いたことは殆どなかったので、人伝ての噂以上に彼の人物を知っているとは云えなかった。痩せ細った鋼鉄のような感じの男であった。

「一時間前、機密局は例のF３号から、重大な通信を受け取ったのです。そのことをオブライエン君の口から直接お耳に入れておきたいと思います」

スチムソン長官は大統領に近よって、殆ど囁くような声で云った。

「Ｆ３号というと、東京のですね」

ルーズベルトは椅子に戻りながら、やはり小声で聞き返した。全世界に散在するアメリカ諜報機関の中でも、Ｆ３号というのは特別の意味を持つ重要な人物であることを、彼はしばしば聞かされていたのである。

それから、三人は部屋の中央に鼎坐（ていざ）して、たとえ壁やドアに耳があっても聴き取れぬほどの小声で話しはじめた。先（ま）ず恭しく口を切ったのは機密局長オブライエンであった。

「日本の航空科学が予想以上に進歩していたことは、われわれの一驚するところですが、今日の暗号電報はさらに驚くべき事実を報じてまいりました。民間科学者の中から恐るべき人物があらわれたのです。その男の数年間にわたる苦心の考案が日本陸軍に採用され、彼は陸軍の数名の科学者と共に山中にこもって、設計図を作成しつつあります。試作機の着工も遠くないというのです」

「性能は？」

大統領は、太い指でしきりと耳たぶを引っぱりながら、顔をしかめて訊ねた。

「東京ニューヨーク間を五時間で飛ぶというのです」

「五時間？」

ルーズベルトは耳たぶを弄ぶことをやめないで、一層顔をしかめ、よく揃った大きな歯並を見せて、きしるような声を出した。

「そうです。少なくともF3号の電文はそれを確信しております。F3号がどういう人物であるかは、閣下も御存じのことと思います。彼はかつて嘘を書いたことがありません。われわれが成層圏爆撃機を完成しない間に、日本人の魔法使いめが、それ以上のものを考え出したのです。発明の要点は動力にあるのだと書いてあります。詳しいことはむろん分かりません。私の機密局にいる若い科学者は、ロケットの外にそういうものはあり得ないと云っていますが、ロケットかどうかは分かりません。何にしても驚くべき速力です」

「その電報の経路は？」

大統領はこの夢のような報告を容易に信じようとはしなかった。

「いつもの通り、中立国経由の暗号電報です。S市駐在のH三十二号が中継しております。F3号の発信に間違いありません」

「フーン、それで、長官はこれをどう考えられるのですか」

大統領は膝に肘をつき、拇指と人差指で大きな顎をささえるようにしながら、持ち前のふてぶてしい顔つきになってスチムソンを見た。彼は多年の習練によって、自己に不利な情報を受け取った場合には、傲岸（ごうがん）な落ちつき払った微笑を浮かべる術を会得していた。今もその微笑が彼の口辺にただよっているのである。

「まだ実物が出来上がったわけではありません。設計が机上の設計のみにおわる場合があることは、われわれもしばしば経験しているところです。しかし、このＦ３号はいつもお話ししている通りの特殊な人物です。彼が嘘を云ったことは一度もありません。また彼の電文によれば、日本の最高技術者がこれを認め、陸軍がこれを採用したというのですから、決して油断はできません。日本人という奴は、実に奥底の知れぬ不気味な国民です」

陸軍長官のつぶらな目の奥に一抹の恐怖の色が見えた。すべての欧米人が日本にたいして抱く一種神秘的な恐怖感が、今この老政治家の心をも支配していたのである。

「で、Ｆ３号への返電は？」

大統領は少しも表情を変えないで、簡潔に訊ねた。

「むろん指令を与えなければなりません。私はそのお指図を承（うけたまわ）るために参ったのです」

機密局長が例の恭しい口調で云った。

「ウム、よろしい、あらゆる手段を講じて、その設計図をワシントンに送る。もしそれが不可能ならば、設計図その他の関係文書をことごとく灰にしてしまう。むろん考案者およびその秘密に関与した人間は天国に行かなければならない。地上から抹殺されなければならない。長官、これがわたしの考えです」

「同感です。しかし、大任ですね。F３号は今度こそ命がけの任務を授かったわけです」

陸軍長官は厳粛な表情になって大統領の顔を見つめた。

オブライエン局長はこの指令を手帳に書き取るような愚かな真似はしなかった。ただその意味を正確に復唱したのち、急いで事務室にかえるために立ち上がった。陸軍長官も立ち上がった。大統領も両手を椅子の肘掛けにつっぱって、やっと身を起こした。そして、例のふてぶてしい微笑を浮かべたまま、無言の内に両人に握手をあたえ、彼らを見送るように、赤ん坊の歩き方でヨタヨタと足を運んだ。

陸軍長官と機密局長とはドアの方に進んでいたので、その時何が起こったかを理解することが出来なかった。彼等は突然ドシンという物音を聴いた。それにつづいて、恐ろしく甲高（かんだか）い笑い声が爆発した。

両人はギョッとして、その方を振り向かないではいられなかった。すると、彼等のすぐうしろ、華美な絨毯（じゅうたん）の上に、大統領ルーズベルトの巨体が、ぶざまに尻餅をついている途方もない光景が眺められた。

二人は大急ぎで大統領の両脇に近づき、その巨体を抱き起こそうとしたが、彼は「大丈夫、大丈夫」と大きな手を振って見せながら、てれかくしの哄笑(こうしょう)をつづけた。足部小児麻痺によるこの失策が、おかしくておかしくて堪(たま)らないというように身もだえをし、真赤な顔になって、よく揃った大きな歯をむき出し、狂気のように笑いつづけるのであった。

暗影

五十嵐老博士の大いなる夢は、実現に向かって順調なる歩みをつづけていた。陸軍省の斡旋(あっせん)によって長野県上田市(ながのけんうえだし)より程遠からぬ××温泉の裏山にある某貴族の別荘が借り入れられ、老博士を首班とする秘密設計班の人々が、その広い建物を独占していた。

老博士の助力者として航空技術本部の木本(きもと)工学博士、大学助教授南(みなみ)工学博士の外に製図専門の技師二名、その護衛役としては老博士の子息新一青年、憲兵隊司令部から特に派遣せられた私服の下士官二人、炊事係には、南工学博士の若い妹さんと村の娘が二人、別荘番の爺（じい）やという、合わせて十二人の同勢であった。

　五人の科学者がこの山奥に隠れて、昼夜兼行の大仕事に没頭していることは、陸軍最高首脳部の数名の人々の外は誰も知らなかった。家族達も主人の居所を知っているばかりで、その仕事の性質については、無論一言も漏らされてはいなかった。彼等はまったく世間との交渉を絶ち、浮世を離れて設計三昧（ざんまい）の日夜を送っていたのである。

　別荘中でも最も広い洋室が設計室に選ばれ、そこへは五人の科学者と新一青年以外は、誰も入ることを許されなかった。設計室の片隅にはわざわざ都から運ばれた中型金庫が据えつけてあって、重要書類はことごとくその中に納められ、文字盤の暗号は老博士と新一だけが知っており、鍵は新一が預かっていた。

　この秘密設計班が仕事をはじめてから一カ月ほどたったある午後のこと、別荘の裏山の見晴らし台に、一組の美しい男女が、満山の紅葉に包まれて語り合っていた。男は五十嵐新一青年、女は少壮科学者南博士の若い妹京子（きょうこ）さんである。二人は一行中での年少者として親しみを感ずることも深く、当の設計の仕事に直接関係がないために時間の余裕もあり、自然語り合う機会も多く、この一カ月の間にすっかり仲好しになっていた。

　満山の紅葉の斜面を越えて、遙か目の下には温泉宿の瓦屋根、板葺（いたぶき）屋根の一（ひ）とかたまりが小さく眺められ、その側を流れる渓流をさしはさんで、直ちに前方の山々が同じ紅葉の錦に覆われて重なり聳えていた。見晴らし台と温泉村のほぼ中間、少し右手寄りの山の中腹に、古風ながっしりした建築の西洋館がただ一軒、紅葉の中からぬっと浮き上がって見える。これが五十嵐博士一行のたてこもる某貴族の別荘である。

見晴らし台は温泉客のために山の中腹を切り開いた百坪ほどの狭い平地で、中央にささやかな四阿が建っている。新一と京子とはその四阿の板の腰掛けに国民服と甲斐甲斐しい紺飛白のもんぺ姿を並べて、眼前の眺望を擅にしながら語り合っているのである。

会話が少し途切れた時、新一は夢見るような眼差でじっと青空を見つめていたが、そのまま視線を動かさないで、独語のように喋りはじめた。

「京子さん、あなたには見えませんか、あのすばらしい爆撃機の大編隊が。空の果てを飛んでいるのです。機体は埃のように小さくしか見えません。しかしその数は蚊柱のように無数です。空一面を覆って、東へ東へと飛んでいるのです。爆音も蚊柱の唸りほどにしか聞こえません。それ程高度が高いのです。僕はその幽かな爆音を聴きとることができます。京子さん、耳をすましてごらんなさい。ホラね、聞こえるでしょう。幽かな幽かな音です。しかし、今に全世界を驚倒せしめる力強い唸り声です。今から数時間の後、あの蚊柱はニューヨーク、ワシントン、それからロンドンの空を黒雲のように覆い尽くすのです。そして、その下の大都会は一瞬にして廃墟と化するのです。僕は毎日毎日、東へ東へと驀進する大編隊の無数の埃のような幻を見るのです。蚊柱のような唸りを聴くのです。ハハハハハハ、むろん幻ですよ。しかし、それは父の発明が完成すれば、実際この目で見、この耳で聴くことのできる幻です。京子さん、分かりますか、この驚くべき意味が」

聴いている内に、京子の長い睫に覆われた美しい眼も、夢見るようにうるんで行った。彼女もまた天の一方にその幽かな蚊柱を見、唸り声を聴いていたのである。

「エエ、分かりますわ」

僅か一言の答えであったが、彼女がどれほど新一の幻想に共鳴し感動していたかは、彼女の眼がそれを語っていた。そこには隠そうとしても隠し切れぬ涙が水晶のように光っていた。

感動が静まるまで、二人は黙って空を見上げていた。永い間一言も口を利かなかった。しかし、やがて、京子の晴れやかな頬に不安に似た影がさしはじめ、それが少しずつ深まって行った。彼女は云おうか云うまいかと、暫くためらっているように見えたが、遂に思い切って口を開いた。

「新一さん、あなたおからだが悪いのじゃありませんの。気のせいかも知れませんが、あなたは、初めてここでお会いした頃から見ると、なんだかお痩せになったようよ。元気にはなすっているけれど、どこかしらお顔の色がすぐれませんわ。御病気か、そうでなければ何か御心配があるのじゃないかと、あたし、心がかりなものですから……」

「エエ、あなたがそれを気にしていて下さることは、僕にも分かっていました。京子さん、これにはわけがあるのです。まだ父にも打ち明けていない不安があるのです。母も知りません。母は二、三日前から別荘に来ていますが、父の世話で手一杯なものですから、僕の顔色など気にしている余裕がないのです。京子さん、あなただけですよ。僕のことをそれ程気にしていて下さるのは……ありがとう……だから、そのあなたの好意にむくいる意味で、僕はこの秘密を先ずあなたにうちあけます。ここなら誰も聴く者はありません。安心してお話ができるのです」

「マア、やっぱりそうでしたの」

京子は眉のあたりに皺をよせて、新一の顔を覗き込むようにしながら、思わず身をすり寄せるのであった。

「京子さん、驚いてはいけませんよ。僕らは敵のスパイに狙われているのです。どこから漏れたか、父の仕事が敵側のものに気づかれたのです。そうとしか考えられないような事が度々起こるのです」

新一は真剣な低い声で云った。

「マア」

京子はびっくりして、軽い叫び声を発したが、急には信じられない様子で、ただ新一の顔を見つめるばかりであった。

「僕は警視庁の外事課に勤めていたので、よく知っているのですが、敵の諜報網は、厳重な監視の目を潜りぬけて、日本全国に張りめぐらされているのです。いかなる力をもってしても、それを根絶することは出来ないのです。敵国人が殆ど日本から退去した今でも、憲兵隊や外事課が忙しく活動しているのはそのためです。

「尤も、僕はまだこの辺で敵のスパイを見たわけではありません。ひょっとしたらおもい過ごしかも知れません。しかし、僕の直覚がそれを感じるのです。絶えず何者かにつき纏われているような不安を覚えるのです。

「十日程前の昼すぎ、僕は自分の部屋に入ったとき、それを感じたのです。僕の部屋を家探しした奴があるなと感じたのです。品物が取り乱されていたわけではありません。すべてのものがキチンとしている。しかし、僕が部屋を出た時とは、物の置き場所や置き方が、ひどく違っているのです。僕はみんなにそれとなく、僕の部屋に入って物を動かさなかったかと訊《たず》ねて見ましたが、誰も入った人はありません。部屋の掃除は朝早くすんでいるのですから、これとは無関係です。

「そういうことが、今日までに三度ほどありました。あなたもご承知のように、僕は金庫の鍵を持っているのですからね。僕の部屋が家探しされたというのは、決して何でもないことではありません。それ以来僕は絶えず身辺に影のようなものを感じているのです。姿のない敵を意識しているのです。

「むろんそれだけではありません。もっと外にも怪しいことがあるのです。一昨日はそいつの足跡らしいものを見たのです」

「エッ、足跡ですって」

「そうです。われわれ別荘にいる者は誰も穿いていない型の靴跡です。それが設計室の窓の外についていたのです。僕はその靴跡の紙型を採って保存してあります。別荘には塀があり門があるのですから、温泉客や村人がむやみに入って来る筈はありません。何か目的があって忍び込んだ奴の足跡です」

「マア……」京子は大きく目を見はったまま二の句がつげなかった。

「しかも、そいつは足音も立てないで、僕の身近につき纏っているような気がします。

時とすると、僕はそいつの息遣いさえ聴くのです。ハッとしてあたりを見廻しても、むろん誰もおりません。しかし、どこか物の蔭から僕をじっと見つめているのです。今でも、僕はそいつがごく近くにいるような気がします。……ごく近くに、……ごく近くに……」

新一は同じ言葉を夢見るように繰り返したきり、黙り込んでしまった。彼の目はどこか遠くを見つめたまま、釘づけのように動かなくなった。そしてその目が段々大きく見開かれて行った。顔の筋肉が異常にひきしまって行った。

京子は何かしらゾッとして、恐る恐る新一の視線を辿って見た。新一は目の下の別荘の屋根を見つめているらしく思われた。京子もそこを見た。するとハッと息を呑むような異様な光景が眺められた。

別荘は古風な建て方の西洋館で、スレート葺きの屋根の上に、長方形の煖炉の煙出しが、ニューッと突出していた。その四角な煉瓦造りの煙突の中から、今、一人の黒い洋服を着た男が、這い出しているのである。

別荘ではむろん煖炉など焚いていないので、煙突掃除夫が来ている筈はない。そうかと云って、別荘の人々の中に、煙突の中をもぐるような酔狂な人物がいようとは考えられぬ。見晴らし台から別荘までは一町以上も隔っているので、その男の顔などは到底見分けられないが、全体の姿が別荘の人でないことは一目で分かった。むろん爺やでもない。

アア、新一の直覚は正しかったのだ。何者かが煙突から屋内に忍び込み、何事かを行って、今立ち去ろうとしているのだ。

黒服の男は煙突を這い出すと、猿のように屋根の上を走って、忽ち向こう側に姿を隠してしまった。煙突の中から半身を現わしてから、全く姿の見えなくなるまで、ほんの十数秒間の出来事であった。

「京子さん、あなたはあとからいらっしゃい。じゃ失敬します」新一は急しく云い捨て、もう駈け出していた。たとえ今からでは間に合わぬまでも、敵の姿を見て、じっとしているわけには行かなかったのだ。

「待って、あたしも一緒に……」京子は脅えた声で叫んで、新一の後を追った。この淋しい山中に唯一人取り残されることを恐れたのである。

新一はその声に振り返りもしなかった。弾丸のような早さでつづら折の坂道を駈けおりていた。そして、追いすがる京子の視野から、忽ちその姿を消してしまった。

京子は一人ぼっちで走る外はなかった。息を切らせて走った。すぐ背後から、何か恐ろしいものが追い駈けてでも来るように、ひた走りに走りつづけた。

敵国の触手

「新一さん、どうかされたんですか。何かあったのですか」新一が息せききって、門を入り、母屋へと走っている横手から、体格のよい背広服の若者が、大声に呼びかけた。五十嵐博士一行を護衛するために出張している私服憲兵下士官の一人である。

「アア、あなたは気づきませんでしたか。今し方怪しい男が屋根から逃げたのです。見晴らし台からそれが見えたのです」

「え、屋根から……」

「そいつは煙突から這い出して、屋根伝いに逃げたのです。設計室の煖炉の煙突です」

「アッ、煖炉の煙突。で、そいつは、どちらへ逃げました」

憲兵は警視庁外事課出身の新一を信用していた。この青年がこれほど顔色を変えているのは唯事でない。若しや……

「スパイの疑い十分です。裏口の方へ逃げたらしいのです。こちらへ来て見て下さい」

二人は西洋館の横手を裏門の方へ走った。新一は地面に鋭い目を注ぎながら走っていたが、炊事場の横手に来ると、ハッとしたように立ち止まった。

「アッ、これだ。靴下の足跡です。樋を伝って屋根から降りたんです。そして、ごらんなさい、この足跡はあの塀のところまでつづいている。塀を乗り越えて逃げたんです」

二人は、その煉瓦塀の側に行って調べて見たが、新一の判断は間違っていなかった。低い煉瓦塀に、泥足の、辷った跡が歴然として残っている。すぐ向こうに裏門があるが、そこには人目のあることをおそれたのであろう。

「あなたはこいつを追って下さい。恐らく温泉村の方へ逃げたに違いありません。僕はみんなにこのことを伝え、設計室を調べて見ます」

「承知しました。では後のことは頼みますよ」

専門家の二人には、くどい問答は不要であった。憲兵の逞しい姿は忽ち飛鳥の如く裏門に走り、外の小径へと消えて行った。それは丁度設計班の人々の夕飯時であった。毎日四時半には一度仕事を中止して、入浴の後食卓につき、一休みしてから又夜の仕事に取りかかるのが日課になっていた。曲者はその食事時を狙って、空っぽの設計室を襲ったのかも知れない。

新一は勝手口から屋内に飛び込むと、階下の食堂に走って、ドアを開いた。

「みなさん、今怪しい奴が煖炉の煙突から設計室へ忍び込んだらしいのです。設計室には誰もいなかったのでしょう」

「誰もいない。二十分ほど前から空っぽだ。だが見張りがいる。山下君がいつもの部屋から、見張っている筈だ」

五十嵐老博士が叫ぶように答えて、もう立ち上がっていた。山下というのは今一人の憲兵下士官である。

「ところが、曲者は廊下を通らなかったのです。煙突から忍び込んだのです」

「馬鹿なっ、設計室の煖炉はちゃんと板で塞いである。忍び込める筈はない」

「兎も角、行って調べて見ましょう」

新一はそのまま裏階段を駈け上った。食堂の人々も捨てておくわけには行かず、五十嵐博士を先頭に、それにつづいた。階段を登った所に山下憲兵の小部屋がある。その部屋の扉を開けば、設計室前の廊下を一目で見渡すことができる。扉はいつも開いたままである。

「山下君、われわれが食事に降りてから、この廊下を通ったものはありませんか」

南工学博士が部屋を覗きこんで訊ねた。京子の兄さんである。

「誰も通りません。自分は絶えず見張っておったですから、間違いありません」山下憲兵伍長が椅子から立ち上がって、明瞭に答えた。

その時新一は既に設計室の扉を開き、室内に入っていた。すぐ後ろから父老博士が続く。

「お父さん、あれをごらんなさい。僕の想像した通りです」

指さすところに、巨大な煖炉が口を開いていた。大理石の堂々たる煖炉棚、その上部の壁にはめ込みになった大鏡、明治時代に建てられたこの洋館には、古風な本格の煖炉が設けてあったのだ。だが、別に蒸気煖房が設備されて以来、この石炭煖炉は、単なる装飾の役目を勤めているに過ぎなかった。

何者の仕業か、煖炉の前に立ててあった衝立はわきにのけられ、焚口が露出していたが、その中に、板をうちつけた枠のようなものが、半ば壊れて垂れ下がっているのが見えた。風よけのために、煖炉と煙突の境に取りつけてあった隔壁が、無残に踏みぬかれていたのである。

「やっぱり、あいつはこの広間へ入ったのです。昔の西洋の泥棒のように、煙突から忍び込んで、又そこから逃げ出して行ったのです」

新一のうしろから、老博士も煖炉の中を覗きこみ、新一の判断の間違いないことを確かめたが、思いもよらぬ出来事に、ただあっけにとられて、暫くは茫然と立ちつくすばかりであった。

だが、やがて老博士の心中に、突如として恐ろしい不安が湧き起こった。博士の目は室の片隅に据えてある金庫に釘づけとなった。その中に例の黒の大型折鞄が入っている。鞄の中には博士が七年間の苦心を圧縮した構想と夥(おびただ)しい計算のノートが充満しているのだ。他人が見ても判断の出来ない記号のようなノートだから、盗み出した奴に取っては大した値打ちもないけれど、博士自身には命に換えて大切な記録である。

博士は猛然として金庫に飛びついて行った。昨日の午後以来、博士達の仕事は、折鞄の中のノートを必要としなかった。金庫の鍵はかけたままになっている筈だ。博士は把手(ハンドル)を廻して見た。把手はカチッと音を立てて回転した。引く手につれて、重い扉が音もなく開いた。鍵はいつの間にか外れていたのだ。扉が開ききった。中は空っぽである。折鞄は影も形もない。

博士は把手を放してヨロヨロとよろめいた。だが、一同の中で、新一青年だけは少しも驚きの色を見せなかった。

「お父さん、大丈夫です」

彼は、父を力づけるように大声に云っておいて、部屋の一方の安楽椅子に近づいて行った。革張りの大きな安楽椅子である。新一はその椅子の革のクッションに両手をかけると、グイグイと引きはがすように、それをとり外してしまった。この椅子は二重クッションになっていて、普通のクッションの上に、もう一つ厚い革蒲団(かわぶとん)のようなものが塡(は)め込みになっているのだ。

「や、誰がそんなところへ……」

取り外したクッションの下に大きな折鞄が隠されているのを見て、老博士は再び驚きの目をみはった。

「僕です。こういうこともあろうかと思って、僕が鍵を預かっている間、金庫はいつも空にしておいたのです。こんな単純な金庫など、その道の玄人は、鍵がなくても、文字盤の組み合わせを知らなくても、何の造作もなく開くことができます。現に昨日鍵をかけておいた金庫がこうしてちゃんと開かれているのですからね。僕は数日前から、何者かがこの部屋を窺っているらしい気色を感じていたのです。そして相手はこの金庫を狙っているということが、僕にはよく分かっていました。だから、態と鞄を誰でも手の届く椅子の中へ置きかえて、金庫は空にしておいたのです。この大切な鞄がクッションの下などに隠してあろうとは、如何に老練なスパイでも、一寸想像もつかないでしょうからね」

若い新一は得意の面持を隠すことが出来なかった。

「え、スパイだって。それじゃお前は、これをスパイの仕業だというのか」

「そうとしか考えられません。この建物の持主はお金持でしょうが、今ここを占領しているのは、金に縁の遠い学者ばかりです。その学者が持ち込んだ古金庫の中に、これほどの冒険に値する大金が入っていよう筈はありません。それに遣り口が普通の盗賊とは違っています。曲者はお父さんの設計事業を妨害しようとしているのです。発明を盗もうとしているのです」

「だが、どうしてそれが分かる。この発明のことを知っている者は、日本中に数人しかいない。しかもれっきとした高官ばかりだ。スパイの嗅ぎつける隙は少しもなかった筈だ」

「だから、猶更ら恐ろしいのです。奴のやり口には、何だか途方もない、桁はずれなところがあります。決して尋常の敵ではありません」

新一は何者かに脅えるような目つきをして、真剣な調子で云うのであった。

期せずしてそこに盗難対策、或はスパイ対策の会議が開かれた。三人の学者と二人の技師とは、或は長椅子に腰かけ、或は立ちはだかったまま、一時間余りもこの問題について語り合った。

航空技術本部の木本博士は、余り口を利かなかったが、新一のスパイ説に同意していることは明らかであった。若い助教授の南博士は雄弁に説を立てた。彼は間諜技術について一見識を持っていた。それは一つの科学であるといい、これを防ぐのにも亦科学的頭脳を要することを説いた。結局南博士もスパイ説に組したのである。

「だが、こんな山奥に敵国人が入り込んだら、忽ち発見せられるではありませんか。それともあなたは、日本人の中にそんな売国奴がいるとでもいうのですか」

五十嵐老博士はむきになって反駁した。

「イヤ、間諜組織というやつは、そんな単純なものではありません。必ずしも敵国人がここへ入り込んでいなくても、その手先を勤める黄色人種がいないとは云えぬし、日本人にしても情を知らずして、敵の薬ろう中のものとなっている者がないとは限りません。間諜はあらゆる手品を使い、あらゆるカラクリを用いるのです」

南博士は新一と同じような説を吐いた。

一同が間諜問答を繰り返している席へ、曲者の足跡を追った憲兵曹長が帰って来た。その報告によると煉瓦塀の外は石ころ路のため足跡を追跡することは出来なかったが、一応温泉村まで降りて駐在所の巡査に事の次第を告げ、本署の応援を乞い、温泉客のうちに不審の人物がいないか、厳重に取り調べてくれるように依頼して帰ったということであった。この日から五十嵐博士一行の設計班は、専門の仕事の外にこの山間僻地にまで伸び来った敵国の触手を、まざまざと身辺に感じながら、目に見えぬ犯人との恐るべき戦闘状態を続けなければならなかった。

破局

警察署による温泉村の捜索は全く徒労に終わった。村人の中にも、温泉客にも、これという不審の人物は発見されなかったのである。

だが、敵は立ち去ったのではない。この土地に入り込んだ何等の形跡がないと同様、立ち去った形跡もないのである。目には見えなくても敵はすぐ近くにいると考える外はなかった。現にその後そういう徴候を屢々目撃しなければならなかったのだから。若し間諜に狙われているとすれば、設計本部を他に移してはとの説も出たが、この山奥をさえ嗅ぎつけた相手だから、いくら場所を変えても無駄であろうという意見が勝を占めた。この上はいやが上にも警戒を厳重にする外に手段はない。憲兵隊司令部の主任将校と電話による打ち合わせによって一挙に五名の憲兵下士官が増派され、別荘は俄かに賑かになった。合わせて七名の憲兵が昼夜交替制で設計室を守るのだ。無論煖炉には頑丈な隔壁が設けられ、煙突からの通路は完全に遮断せられた。窓の下の庭園には絶え間なく憲兵の立番がある。ドアの外の廊下にも二人以上の見張り番が頑張って、蟻の這入る隙間もない。

土地の警察署も傍観していたわけではない。別荘のまわりには絶えず警官を巡廻させ、一方温泉村をはじめ付近の部落には綿密な捜査を行うなど、及ぶ限りの手段を尽くしたにも拘(かかわ)らず、犯人を発見することが出来なかったばかりでなく、敵はこの厳重な警戒網を潜って、屢々設計室を襲いさえしたのである。

ある時は、夜の間に設計室の窓ガラスが切り破られ、留金(とめがね)を外して何者かが室内に侵入した形跡が発見せられた。又ある時は、裏口の番をしていた憲兵が多量の睡眠剤を呑まされて前後不覚に熟睡していたこともあった。睡眠剤は紅茶の中に混入されていたことが分かったが、それが何者によって、いつの間に投入せられたかは全く不明であった。

だが、老博士の例の折鞄はその都度安全であった。新一がその鞄の置場所を絶えず変えることに精根を尽くしていたからである。金庫はもう頼りにならなかったので、彼は毎日のように違った隠し場所を選んで、重要書類の安全を計った。その隠し場所の秘密については、父の老博士すらも全く与(あずか)り知らなかった。必要な際に新一がそれをどこからか持ち出して来るのを見るばかりであった。一行のうち憲兵を除いて、間諜防禦戦に最も深い関心を持っていたのは、新一青年と南博士であった。随って二人はこの問題について意見を戦わす機会が多かった。

「不思議だ。憲兵隊と警察とがこれ程警戒し、捜査しているのに犯人は出て来ない。

イヤ、確かに出ては来るのだが、これを捉えることも、目に見ることとさえ出来ない。君はこれをどう思いますか。全く馬鹿馬鹿しくなりますね」

南博士が腹立たしげにいう。博士は妹の京子に似て目鼻立ちの整った好紳士である。航空機製作技術界の一権威であるが、年はまだ三十七歳、少壮気鋭の科学者だ。

「馬鹿馬鹿しいのではなくて、恐ろしいのです。何だか途方もないカラクリがあるのじゃないかと思うと、僕は時々ゾッとすることがあります。南さん、あなたはこの別荘の中に当の敵がいるのじゃないかと、疑って見られたことはありませんか」

新一が声を低くしていう。

「別荘の中に秘密の隠れ場所でもあるというのですか」

「イヤ、そうじゃありません。この別荘は何だか秘密の地下道でもありそうな感じですが、それとは別のことです。僕のいう意味は、われわれ一行の内か雇人の中に当の相手が何食わぬ顔をして混じっているんじゃないかという考えです」

「ホウ、妙なことを考えていますね。すると、僕等設計の仕事をしている五人、その中にはあなたのお父さんも入っている、それから憲兵が七人、私の妹と村の娘が二人、別荘番の爺や、それからあなた、今はあなたのお母さんも滞在していられる。都合十八人ですね。この中の誰かが敵国の間諜を勤めているというわけですか。ハハハハハハ、みんな日本人ですよ」

「日本人でないものがいるかも知れません。日本語を使い、日本人の作法を心得ている者が、必ず日本人とは極まっていませんからね」

「ウン、成程、途方もない着想だ。あなたは本気でそう考えているのですか」

「イヤ、考えているのではありません。そういうこともあり得るというのです。外部をこれ程捜索しても何物も発見できないとすると、こんな風にでも考える外はないじゃありませんか」

「で、あなたはその十八人の人達を一人一人研究しているのですか」

「エエ、研究しているのです」

新一は口端に微笑の影を浮かべて、意味ありげに答える。

南博士の妹の京子は、二人のそういう会話に加わることもあった。彼女は別に意見を吐くのではない。ただ不安らしい顔をして二人の恐ろしい話を聞いているばかりである。京子は顔色がよくなかった。新一の頬に痩せが目立つにつれて、彼女の面ざしにも窶れが加わって行くように見えた。

しかし、一方では設計の事業が着々として進捗していた。陸軍省の肝煎によって、××温泉場から程遠からぬ新設航空機工場の一部が五十嵐超高速機試作のために提供せられ、工作機械、工員などもすっかり準備が整っていた。その工場の製図室には三十人の腕利きの製図技手が製図板を並べ、夜を日についで仕事を進め、製図の完成した部分品は直ちに外部に註文が発せられ、その製品がボツボツ工場に到着しはじめていた。

これという出来事もなく日がたって行く。見えぬ敵はここ数日鳴りをひそめていた。再三の攻撃に何の得る所もなく、防禦軍の鉄壁の陣に辟易(へきえき)して敵は旗を捲(ま)いて退散したのかとさえ思われたが、実は決してそうではなかった。彼は最後の攻撃準備に時を費していたのだ。敵は従来とは全く異った角度から、無謀残忍な突撃を敢行し、遂に事態を凄惨(せいさん)極まりなき破局へと導いたのである。煙突事件から二十日ほど後のある夜更けのこと、南京子はただ一人別荘の庭の芝生に佇(たたず)んで、物思わしげに月を眺めていた。空には雲の影さえなく、満月に近い月が寒々と輝き、前面の山々に異様な隈(くま)を作っている。あたりは溢(あふ)れるような虫の声、遙かに谷川のせせらぎの音、荒寥(こうりょう)たる秋の夜景である。

憲兵の見張りは、この夜更けにも任務を怠らず、芝生の彼方にクッキリと黒い影を引いて、靴音も立てず、灰色の幻のように往き来しているのが眺められた。

「京子さんじゃない」

ハッとして振り向くと、月光の中に新一の白い顔が浮き上がって見えた。

「マア、新一さん、あなたも眠れませんの」

「妙に目が冴えて寝つけないので、少しその辺を歩いて見ようかと思って」

「あたしもですわ。何だか胸騒ぎがして、床の中に入る気になれませんのよ」

「怖いような月夜ですね」

「エエ、怖いような……」

二人はゾッとしたようにお互いの目を覗き合った。

「あすこに憲兵さんがいます。裏の方にもう一人見張り番をしている筈です。何も怖いことはありませんせん」

「エエ、それは分かっていますわ。でも……」

京子はそのまま言葉を切って、静かに歩き出した。まだモンペ姿のままである。新一の国民服と仲よく影を並べて、二人は段々建物を離れて行く。

「あなたは、明日の朝早く、憲兵隊司令部の望月少佐がここへ来られるのを知っていますか」

「いいえ、ちっとも。……やっぱりあのことについてですの」

「そうですよ。あなたの兄さんと相談して、一昨日電話をかけたのです。父の仕事は今一息で完成するところまで漕ぎつけました。ここ十日ばかりが最も大切な時期です。敵がこの時期を失すれば、もう万事終わるのです。それだけにわれわれとしては、この十日が非常に心配なのですよ。そこで、こういうことについては一番ハッキリした考えを持っておられる兄さんと御相談して、望月少佐の出張を願うことにしたのです。僕が警視庁にいた頃、少佐とはよくお会いして懇意にしていたので、打ちとけて相談ができたわけです。少佐の方でも父の仕事がこの戦争についてどういう意味を持っているかということを大方は知っておられるので、実は自分も一度出かけたいと思っていた所だというので、すぐに話が纏まったのです。望月少佐は天才的な憲兵です。日本の憲兵隊で偉大な推理家を求めるとすれば望月少佐をおいて他にはありません。これまで大陸方面で数々の素晴らしい手柄を立てています。その大憲兵が愈々出向いてくれることになったのです」

「マア、そうでしたの。じゃ、あすはその方にお目にかかれるわけね」

「エエ、明日です。それまでもう十時間余りです。八時頃には着く筈ですからね。ただこの十時間が無事にすみさえすれば……」

新一はそこまで云いさして、フッと言葉をとめた。何かしら異様な声を聞いたからである。

二人はハッとして顔を見合わせて立ち竦んだ。人の声だ。何とも得体の知れぬ喚き声だ。振り向くと白々と月光に照らされた洋館の二階があった。ガラス戸が押し上げられ、窓の中から異様な人の姿が上半身を乗り出していた。モジャモジャの白髪が銀色に輝いていた。白い鬚に覆われた顔があった。その顔が口ばかりになって、何かわめいていた。

「助けてくれー、誰か来てくれー」

それは五十嵐老博士であった。その部屋は博士の寝室であった。叫びながら博士はジリジリとあとへ引き戻されていた。何者かが背後の闇の中から博士の身体を抱き戻しているのだ。

「大変です。早く……」京子の叫び声。

「あなたは憲兵を探してあとから来て下さい」

新一は怒鳴りながら建物に向かって駈け出していた。

屋内に走り込むと大声で人々を呼び起こしながら階段を駈け上った。廊下には電灯がついている。部屋部屋の扉が開いて寝間着姿の人が飛び出して来る。老博士の寝室に達した頃には四、五人の同勢になっていた。寝室の扉は閉まっていた。内部からは何の物音も聞こえない。把手を握って廻すと扉は何なく開いた。室内の電灯は消えている。半ば開いた窓から白い月光がさしこみ、床の一部分を照らしている。月光の中に俯せに倒れた老博士の白髪頭が見えた。

「お父さん、どうしたんです。しっかりして下さい」

新一はその側に跪いて父の肩に手をかけた。だが、老博士は身動きもしない。

「アッ、血だ」

パジャマの背中に、ベットリと液体を感じた。老博士は何者かに刺されたのである。傷の深さは分からない。致命傷か、それとも一時の失神か。ああ見えざる敵は望月少佐の到着を予知するかの如く、その直前に於いて最後の手段を決行したのである。

それにしてもその憎むべき下手人はどこに隠れているのか。この暗闇の中にか。それとも逸早く逃亡したのであろうか。

博士夫人の行方

「父は殺されたのです。犯人はまだ逃げる間がありません。早く家のまわりを取り囲んで下さい。家中の電灯をつけて下さい。そして家探しをして下さい。犯人はどこかにまだいるはずです。皆さんお願いです」

新一が上ずった声で叫んだ。

五十嵐老博士はその時全く絶命していたのではないことが後になって分かったけれど、夥しい血を流し、意識を失って倒れている老人の姿を見ては、新一をはじめその場に居合わせた人々が、絶命と思い込んだのは無理もないことであった。

誰かが先ずその部屋の電灯の釦を押した。老博士の寝室がパッと明るくなった。電灯の光によって被害者を見た人々は、「殺人」という恐るべき事実を、一層明確に意識した。

人々はうろたえていた。新一の叫び声に応じて、部屋を飛び出し、廊下や階段を意味もなく駈け廻った。その頃はもう別荘中の人が起き出して来ていたが、人数が増すにつれて右往左往の混乱は甚だしくなるばかりであった。

だが、七人の憲兵はさすがに少しも取り乱さなかった。交替で眠っていた憲兵も素早く昼間の服装をつけて要所要所に駈けつけていた。建物の周囲には寝ずの番が見張っていた上、新手の人々も加わって、たちまち蟻の這い出る隙間もない警戒網が張られた。

部屋という部屋の電灯をつけて廻り、窓の幕を開いて、庭までも明るくし、犯人の逃亡に備えたのも憲兵の機転であった。

犯人は逃げ出す暇がなかった。建物の中のどこかに潜んでいるに違いない。人々はそう信じていた。したがって彼等の狼狽（ろうばい）はいつまでも静まらなかった。

憲兵を除いて最も冷静であったのは南工学博士である。彼はうろたえ廻る人々を離れて、もう一度被害者の室へ引き返していた。そして偉大なる老科学者の死体の側にひざまずいて、仔細にその負傷の箇所を調べた。

ややあって、開け放った扉の外にあわただしい足音がして、新一青年が飛び込んで来た。真青な顔が涙に汚れている。

「オオ、南さんここでしたか。盗まれました。例の折鞄の隠し場所へ行って見たのですが。ありません。無くなっているのです。スパイは父を殺した上、あの大切なノートまで奪って行ったのです」

新一は絶望の余り泣き声になっていた。

だが、この重大な報告に接しても、南工学博士は返事さえしなかった。それどころではないというように、被害者の身体に覆いかぶさって、しきりと何かやっている。

「南さん。どうしたのです」

新一もその意味に気づいたのか、びっくりするような叫び声を立てて、博士の側へ寄って行った。

南博士はやっと顔を上げて新一を見た。

「お父さんは絶命せられたのではない。幽かに脈がある」

「えッ、脈が……」

新一は愕然として、息遣いも荒く、そこに跪くと父博士の手首を摑んだ。摑んだまままいつまでも空間を見つめて、身動きさえしなかった。

「感じるだろう、幽かに」

「ウン、ある、ある。……医者を、早く医者を」

新一は顎をワナワナと震わせて叫んだ。

「誰かいませんか」

南博士の怒鳴る声に応じて、廊下から一人の憲兵が入って来た。二階の部屋部屋の捜索を担当していた山下伍長である。

南博士が事の次第を告げると、今丁度他の憲兵が上田市の警察署へ電話を掛けている所だというので、警察署に頼んで同市から然るべき医師を急行させて貰うこととし、山下伍長は同僚にこれを伝えるために階下へ降りて行った。

あとに残った二人は、寝台から枕と毛布を取り、老博士に毛布を着せかけ、頭の下にソッと枕をあてがった。瀕死の重傷者を寝台の上に運ぶわけには行かなかったからである。そうして、負傷者の両側に踞(しゃが)んだまま、顔見合わせて黙り込んでいたが、やがて、新一はふと気づいたように口を開いた。

「母はどこへ行ったのでしょう」

「え、お母さんが」

「さっきから一度も見かけないのですよ。この騒ぎに、母が一度も顔を見せないのは変です」

「まさか寝(やす)んでおられるのじゃあるまいね」

南博士は隣室との境の扉を目で示しながらいった。その扉の向こうの部屋が、ときどき来訪する五十嵐夫人の寝室に当ててあった。廊下を廻らなくても、その扉さえ開けば、老博士夫妻はお互いに往き来が出来るようになっていた。

新一は無言のまま立って行って、その扉を開いた。

「空っぽです。……変だなあ、お父さんを放っておいて、一体どこへ行っているのだろう」

騒ぎにまぎれて今まで誰もそこへ気付かなかったが、重傷者の傍(かたわ)らにその夫人の姿が見えぬというのは、ただ事ではない。犯人は老博士に瀕死の重傷を負わせ、重要書類の入った折鞄を奪い去ったばかりでは満足せず、博士夫人にさえも何等かの危害を加えたのではあるまいか。

新一は母の寝室に入って行って、その辺を探し廻っている様子であったが、暫くすると扉のところへ戻って来て、南博士をソッと手招きした。「黙って」という合図をして、しきりと手招きするのである。

博士は丁度そこへ戻って来た山下伍長に、負傷者の身辺の警戒を頼んで置いて、老博士夫人の寝室へ入って行った。

新一は無言のまま南博士を部屋の隅へ連れて行った。立ち止まったところに大きな洋服簞笥（だんす）が立っている。新一は観音開きの扉を目で示して、再び「静かに」という合図をした。

何かしら途方もないことが起ころうとしていた。洋服簞笥の中からコトコト異様な物音が聞こえて来るのだ。中に生きものがいる気配である。

物音を聞かせておいてから、新一は抜き足をしながら、南博士を廊下に連れ出し、囁き声で云った。

「人が隠れているらしい。しかし妙なことに、観音開きに鍵がかかっているのです。内側からはかかりません。誰か外から鍵をかけたのです。鍵を探して見たけれど、ちょっと見つかりません。母が洋服簞笥に鍵をかけるのを見たことがないのです。大切なものが入っているわけでもないのだから、鍵なんかかけたことはないようです。だから僕は鍵のありかも知らない。その辺の机の抽出(ひきだ)しなんか探して見たけれど、ありません。中に何者が潜んでいるにせよ、憲兵さんに立ち会って貰って、戸を破る外はありませんね」

南博士がうなずくと、新一はそのままどこかへ立ち去ったが、間もなく一人の憲兵を伴い、金梃(かなてこ)を持って帰って来た。

三人は再び抜き足をして洋服箪笥の前に近づいた。耳をすますと、やはりコトコトと異様な音が聞こえて来る。

「誰だッ、そこにいるのは」

新一が大声に怒鳴って見たが、聞こえたのか聞こえぬのか、中からは何の答えもなく、同じ物音がつづいている。しかも、その音がだんだん強くなって来るのだ。

新一は持って来た金梃を観音開きの合わせ目に入れて、扉をこじあけようとしたが、厚い唐木(とうぼく)の頑丈な箪笥だから、なかなか思うようには行かぬ。

「お貸しなさい。自分がやって見ましょう」

もどかしく思ったのか、憲兵は新一から金梃を受け取って、扉の前に立った。

「何が飛び出して来るか分かりません。用心して下さい」

憲兵は二人に注意を与えておいて、巧みに金梃を使い、苦もなく扉の錠前の部分をこじあけた。扉は自由になった。だが、中からは飛び出して来る様子もない。

憲兵は扉をソッと開いて行った。開くにつれて電灯の光が流れ込む。その光に照らし出されたものは、手足を縛られ、猿轡をはめられた小柄な女の姿であった。

「アッ、お母さん」

新一はそれと知ると飛びついて行って、観音開きをあけ放ち、その女性を箪笥の外に助け出した。五十嵐老博士夫人は、自室の洋服箪笥にとじこめられていたのである。縄を解き、猿轡をはずされても、夫人は口を利く気力もなく、グッタリとなって肘掛椅子によりかかっていたが、新一が階下に走って持って来たコップの水に、いくらか正気づいて、途切れ途切れにことの次第を語るのであった。

「大きな奴でしたよ。頑丈な鉄のような腕をしていました。目が醒めた時には、もう口の中へこれを押し込まれて、声を立てるどころか、息をするのがやっとでした」

夫人は足下に落ちている猿轡の手拭の丸めたのを指し示した。

「きっとあいつですね。折鞄を狙っている奴ですね。あれは大丈夫ですか。盗まれやしなかった？」

「盗まれたのです。その男の顔を見ましたか」

新一は老博士の重傷のことは、わざと語らなかった。彼は母を簞笥から助け出す前に、用心深く負傷者の部屋との境の扉を閉めておいたのである。

「アア、やっぱりね。そいつの顔は見えません。電灯が消してあったんだもの。月明りで大入道のような影をチラッと見たばかり、そのあとは何が何だか夢中でしたよ。気を失ってしまったのかも知れません。簞笥の中に入れられたということが分かったのは、随分たってからですものね。それから、どうかして人に知らせようと思って、膝で簞笥の戸を叩いたのだけれど、あの狭い中に海老のようになって押し込められていたのだから、思うように戸を叩くことさえ出来なかったのですよ」

「お母さん、その男はこれまで一度も会ったことのない奴ですか、それともどこかで会ったことがあるというような気はしませんでしたか」

新一が妙な訊ね方をした。

「分かりません。顔を見分けることも、声を聞くことも出来なかったのだもの。ただ鉄のように腕っぷしの強い男という事が分かっただけです」

夫人は椅子によりかかっているのも苦しそうに見えたので、南博士は新一を手伝って、夫人を寝台に横にならせ、暫く何も考えないでおやすみになるようにと勧めた。

夫人はおとなしくその勧めに従って瞑目していたが、ふと非常に気がかりなことに気づいた様子で、パッと目を開いた。

「でも、なぜでしょう。なぜ私をこんな目に合わせたのでしょう。折鞄がここに置いてあったわけでもないのに。……そして、お父さんはどこにいらっしゃるのです。お寝みになっているの」

新一は急所をつかれてハッとしたように南博士と顔見合わせたが、さりげなく、

「ええ。でも、そんなことはあとでいいから、一眠りする方がいい。お母さんはひどく疲れているんだから。ね、そうなさい」

子供をあやすように云って、母の額にソッと手を置いた。夫人は云われるままに再び目を閉じた。それ以上言葉をつづける気力がなかったのであろう。グッタリとなって、しばらくすると軽い鼾を立てはじめた。

「熱が出ている。母はちょっとしたことにもよく熱を出すのです。当分は起きられないかも知れません」

新一は夫人の額から手を引きながら、声を殺して云った。

「折鞄といえば、今度はどこに隠しておいたのです。盗まれたことは確かですか」

南博士は新一の気を変えるためのように、突然別のことを訊ねた。

「どこだと思います」

新一はこんな際にも拘らず、何か人を焦らすような云い方をして、幽かに微笑をさえ浮かべた。

「どこです」

南博士はそれに取り合おうともせず、怒ったように訊ね返す。

「設計室の金庫の中です」

「エッ、金庫の中だって。……アア、君は何という大胆なことを」

博士はあっけにとられたように、思わず声を高くした。

「大胆ではありません。相手が金庫はいつも空っぽだと信じ切ってしまった現在では、そこが一番安全な隠し場所だったのです。考え抜いて極めたのです。しかし、敵は一枚上手でした。僕のこの考え方をちゃんと見抜いてしまったのです」

憲兵はさいぜんから、寝台の裾の方に立って二人の会話を聞いていたが、折鞄の最後の隠し場所が金庫の中であったと聞いた時には、少し顔色を動かした。しかし、それについて意見を述べようとはせず、暫くすると、足音を立てぬようにして、ソッと室外に消えて行った。

望月憲兵少佐

犯罪の行われた時刻を正確にいうと、午前零時十三分であった。庭園を警戒していた憲兵が窓からの老博士の叫び声を耳にした時、素早く腕時計を見ておいたのである。

それから朝の八時まで、引きつづいて別荘内の捜索がつづけられた。憲兵の半数がそれにたずさわった。部屋という部屋の押入を開き、絨毯をめくり、壁をたたき、天井、床板の継目（つぎめ）を調べ、手のおよぶ限りの捜索を行ったが、何等の異状をも発見することはできなかった。

上田市の警察署長が司法主任をともない、同市の外科病院長と看護婦を同車させて、自動車を別荘に乗りつけたのは、午前二時を少し過ぎたころであった。被害者が国家の重要人物であるという電話によって、署長は特に迅速な取り計らいをしたのである。

五十嵐博士の負傷は、左背肩胛骨（けんこうこつ）下を貫き、左肺臓に達する刺傷で、兇器は刃渡り三十センチの鋭い諸刃（もろは）の短刀と鑑定された。傷はあやうく心臓を避けていたので、即死だけはまぬかれたが、老体でもあり、生命をとりとめ得るか否かは疑問であった。

午前七時、地方裁判所から検事の一行が到着した。検事は古参の憲兵曹長と警察署長と協議の上、取り敢えず邸内の人々の取り調べを行った。

午前八時少しすぎ、自動車の警笛とともに、東京憲兵隊司令部の望月憲兵少佐が来着した。少佐は昨夜の事件をしっていたわけではない。五十嵐博士の重要書類窃盗未遂事件、護衛憲兵の増派と、五十嵐博士一行の周囲にただならぬ陰謀のおこなわれつつある情勢捨ておきがたく、新一の懇請に応じて単身現場に出向いてきたのであるが、時すでに遅く、五十嵐博士は重傷を負い、その取り調べのため出張せる検事と相前後して到着する羽目となったのである。

検事は事件の性質上、取り調べの主導権を望月少佐にゆずる態度をとった。少佐はまず一室に七人の部下をあつめ、三十分以上にわたって密談をとげたのち、検事と立ち会いの上、あらためて邸内の人々を一人一人呼びよせ、老博士負傷前後の事情を聴取した。新一、京子、南博士らも個別に綿密な質問をうけた。

事情聴取を終わると、少佐は五十嵐博士の病室を見舞った。医師と看護婦のほかは何人も同席させず、二十分ほどもついやして、容態を聴き取った上、邸内の人々が病室に立ち入ることを禁じ、入口に憲兵の一人を絶えず立番させることとした。息子の新一さえも少佐の許しを受けずして父を見舞う事は出来なくなった。

五十嵐博士夫人は昨夜の打撃によって高熱を発し病床の人となっていた。検事や望月少佐の質問にも応じ得ぬほどの容態であった。人々は協議の上、老博士重傷のことは暫く夫人の耳に入れぬこととし、その病室を他にうつすよう取り計らった。

新一が望月少佐と差し向かいでゆっくり話をする機会を得たのは、昼食後のことであった。京子は泊まりこみの村の娘二人の外にもう二人の応援を頼み、多人数の食事の用意に忙殺された。食事が終わると検事と警察署長はすべてを憲兵隊の取り計らいに任せ、医師と看護婦だけを残して、一先ず別荘を引き上げて行った。その一行を見送ってから、望月少佐は新一を人なき設計室に誘いこみ、打ちとけて語り合う機会を作った。

二人は例の大煖炉のある広間の片隅に、テーブルをさしはさんで向かい合っていた。少佐はかつて折鞄の隠し場所となった二重クッションの安楽椅子にもたれ、煙草をふかしながら、ときどき窓越しに庭の芝生を見おろしていた。そこには部下の憲兵の一人が忠実に見張りを勤めている姿が小さく眺められた。

少佐は鼠色の背広服を着ていた。五分刈り頭と日焼けのした浅黒い顔とが軍人を感じさせるほか、容貌にも言語動作にも殊さら軍人らしいものはなかった。四十歳は越しているに違いなかったが、坊主頭のせいか若々しく見えた。理智的な引き締まった頬、美しい口髭、笑うと非常に愛嬌のある白い歯並、全体に親しみのある顔立ちであったが、その中に一重瞼の余り大きくない目だけが、時折り相手の腹の底を射通すような鋭い輝きを見せた。

「もう一日早く来て下されば、こんなことは起こらないですんだかも知れません」

新一が少佐を尊敬していることは、その見上げるような目付きによっても察せられた。この人物のいるところには如何なる犯罪も起こり得ないと、固く信じているように見えた。

少佐は愛嬌のある歯並を見せて笑った。

「僕が昨日来れば、相手は一昨日このことを決行していたに違いない」

「じゃ、犯人はあなたの来られるのを知っていたとおっしゃるのですか」

「無論知っていた。こいつは何もかも知っている奴です」

「敵国の間諜と考える外ありませんね」

新一は一際声を低くした。

「断定はできない。しかし十分考え得ることです。ところで君の意見を聞きたいのだが、万一お父さんが再起できないとすると、ここの設計事業に中止の外はないのか、それとも他の学者達の手でつづけて行くことができるのかという点です」少佐は真剣な面持で訊ねた。

「絶望ではなくても、非常な困難にぶつかるわけです。昨夜も南博士とこのことについて話し合ったのですが、非常に重要な部分の設計がまだ完成していないのだそうです。その部分は全く父の受け持ちで、父でなくては分からない点が多いのだそうです。しかし、この設計に参加した学者達は父の計画の原理は理解しているのですから、父がいなくても、時間さえかければ何とかなるだろうというのですが、その時間が非常に永くかかるかも知れない。一年かかるか二年かかるか分からないというのです。つまり犯人は父をなきものにし、父のノートを奪うことによって、この設計事業を十分妨害することが出来たわけです。そういう目的を以て行動する奴は敵国の間諜の外には無いではありませんか」

「お父さんに万一のことがあれば、お父さんの一身上だけのことではない。国家の大損失であるということは、僕もよく分かっている。僕の部下達は申し訳ないといって泣いているのです。僕は彼等を信じていた。今でも信じている。優秀な憲兵達です。こんな失敗を演じたことは今まで一度もないのです。彼等が取り逃がすほどの敵なれば、たとえ僕がいたとしても、どうすることも出来なかったかも知れない。

「僕は部下を信じている。信じているだけに、今度の犯人が決して並々の奴でないことを感じるのです。僕の部下は、七人もいて、寝ずの番をしていて、犯人がどこからどうして逃げたか分からないなんて信じられないというのです。どこにも一分(いちぶ)の隙さえなかった筈だ。自分達は完全に任務を果たしていたというのです」

「そうです。私もそう思います。犯行直後のことだけを考えても、犯人の逃げる隙は全くなかったのです。それほど敏速に警戒網が張られたのです。蟻の這い出る隙も無かったのです。それにも拘らず犯人は消えてしまった。私はふと妙なことを考えることがあります。犯人は若(も)しや我々の中にいるのではないかと……」

「僕の部下達も同じ考えを持っている。ある者は固くその説をとって譲らないほどです。しかしね、五十嵐君、それには一つの重大な反証があるんだ。犯人はここに住んでいる人々の中にはいないという確かな証拠がある」

「え、証拠が」

「動かし難い証拠だ。僕の部下達はここへ来てから人知れずいろいろな仕事をなしとげていた。その内の最も大きな仕事は、犯人の指紋を発見したことです。

「犯人は最初煙突からこの部屋に忍び込んで、金庫を開いた。僕の部下は金庫の指紋を採集したのです。それから犯人はこの部屋の窓ガラスを切って侵入したことがある。その時ガラスに残った指紋も無論採集した。最近では昨夜犯人は金庫の中から折鞄を盗み出したが、その折の指紋も調べた。又部下達は、一方ではここに住んでいる全部の人々の指紋を片っ端から採集した。爺やから女中に到るまで悉く指紋を採った。君も例外ではありませんよ。君が食事の時手にしたコップがその資料になったのです。それらの指紋は小型写真機によって同じ大きさに写され、レンズの力を借りて比較対照せられた。その結果、ここの住人の誰の指紋とも一致しない一つの指紋が、金庫の扉にも窓ガラスにも残っていたことが確かめられたのです。

「僕の部下は、最初金庫の指紋を採った時、その滑らかな面や把手を綺麗に拭き取っておいた。犯人が再び金庫に触れることを予期したからです。だから、最初そこにあった指紋には金庫を運んだ人夫などの指あとが混っていたかも知れぬが、昨夜そこに残っていた指紋はここの住人のものの外は当の犯人の指紋でなくてはならない。しかもそこに一つの特異な指紋があったのです。最初の金庫の表面にも、窓ガラスにも残っていた同じ指紋で、ここの住人のではない指紋がハッキリと検出されたのです。

「分かりますか。その特異な指紋の主は、外部から侵入したと考える外はない。彼は誰にも見咎められず侵入し誰にも見咎められず立ち去ったのです。僕の部下は口を揃えて、そういう事はあり得ない、信じ得ないというけれども、人間の感覚によって歴然たる物的証拠を否定することはできない。誰の目にも見えなかったとしても犯人は確かにこの家に出入していたのです」

「ああ、そうでしたか。私は少しも知りませんでしたが、憲兵さん達はそこまで調べていてくれたのですか。何も喋らないで黙々として任務を遂行するという軍人流のやり方ですね」

新一は感に堪えて、恥じ入るように云うのであった。

「その特異な指紋というのはこれです。右手の拇指と人差指とが採集されている。外の指の痕も残っていたが、不明瞭で資料とするに足らぬのです。今のところ犯人の手掛りはこの指紋だけです。指紋によって犯人を探し出すというのは、もしそれが指紋台帳にない場合は、難事中の難事ですが、ともかく我々はこの指紋から出発する外はない。三好曹長がこの写真を持って午後東京へ帰る事となっています。そして先ず憲兵隊司令部と警視庁の指紋台帳を照合して見るわけです。三好は最も信頼できる憲兵です」

新一は少佐の手から一葉の写真を受け取って、そこに黒く渦まいている二つの指紋に見入った。肉眼では十分見分けられぬけれど、二つとも横に流れた蹄状紋であった。

「こいつですね。父をあんな目に合わせた奴は。そして、この大事業を挫折させた奴は。僕は復讐しないではおきません。必ず復讐します。望月さん、今日からあなたの弟子にして下さい。僕はあなたの助手になって、こいつを捉えるのです。このスパイの奴、捉えないでおくものですか」新一は歯ぎしりをして、叫ぶように云うのであった。

指紋の主

三好憲兵曹長は望月少佐の命を受けて、その日の午後上田市から東京への汽車に乗った。いうまでもなく五十嵐博士殺害未遂犯人の怪指紋照合のためである。

三好曹長はまだ三十歳を少し過ぎたばかりの若々しい軍人であったが、望月少佐が大陸在任時代からの部下で、少佐の片腕として、大陸の複雑な国際犯人捜査に当たり、その道にかけては豊富な経験を持つ老練家であった。

併(しか)し、流石の三好曹長も、今度の殺人未遂事件には、少なからず面喰らっていた。この事件には何かしら途方もない感じがあった。あれほど厳重に見張っていたにも拘らず、犯人は隠れ蓑(みの)でも身につけているかのように、全く人目に触れないで、博士の寝室に忍び込み、設計室の金庫の書類を盗み去った。

犯人は大きな目を見はって張り番をしている数人の憲兵の前を通過しないでは、そこへ出入りすることは不可能であった。しかも憲兵は誰一人犯人の影さえ見なかったのである。隠れ蓑はお伽噺の世界のものである。しかし何かそういう風な術を、例えば人間の身体が透明になるというような、奇怪な術を犯人が心得ていたとでも想像する外に考え方がなかった。

三好曹長は、その詳しい内容は無論聞かされていなかったけれど、五十嵐博士一行が山荘に立てこもって、この戦局を一挙に左右するほど重要な兵器の設計に従事していることは、十分承知していた。したがって、この犯罪が国家にとって、軍にとって、如何に重大なものであるかもよく分かっていた。

「こいつは一と通りの犯人ではないぞ。余程の覚悟をしなくてはならんぞ」

曹長は汽車の中で、何度となく自分自身に云い聞かせた。この犯人を捉えるかどうかは、前線の将兵が敵の拠点を占領するかしないかと同じくらい重大であった。イヤ、全戦局を左右する発明という点から云えば、そんな比較ではまだ軽すぎる。

「俺は今、ただ一人で数万の敵軍に向かって突進しているのと同じだぞ」

と考えると、曹長はその任務の重さに、武者振いを禁じ得ないのであった。

曹長はその夜遅く東京に着くと、自宅に一夜を過ごし、翌朝は先ず憲兵隊司令部に行って、彼の任務を報告し、そこで調べられるだけは調べたが、これという手掛りを摑むこともできなかったので、直ちに警視庁に赴き、知り合いの外事課長を通じて、犯人の指紋の照合を依頼した。

暫く待っていると、指紋係が一枚の指紋カードを手にして入って来た。

「ありましたよ。これです。お持ちになった写真の指紋とピッタリ一致しています」

「エッ、ありましたか」

三好曹長は案外の吉報に飛び立つ思いであった。写真と指紋カードとを受け取って、拡大鏡を借りて見比べると、拇指と人差指の指紋が寸分違わず一致していることが分かった。カードの住所氏名欄には「芝区××町一丁目六二番地、韮崎庄平（にらざきしょうへい）」と記入してある。

「どんな前科があるのですか」

「ところが、前科というほどの前科はないのです。こいつは僕が指紋を採った男で、よく覚えているのですが、変な奴ですよ。マア途方もない変わり種ですね」

指紋係はなぜかニヤニヤ笑いながら答えた。

「変わり種というと。一つ詳しく話して下さいませんか」

「エエ、ようござんす。自分で指紋を採ったからといって、一々その人間を覚えていられるものではありませんが、こいつは、ひどく変わっているので、幸い、よく記憶しているのです。僕はこいつの住まいも知っているのですよ」

指紋係はその辺にあった椅子に腰をおろすといささか得意気な面持で、雄弁に語りはじめた。

「韮崎は十五、六年支那に住んでいて、大東亜戦争の起こる少し前に東京へ帰って来た男です。北京（ペキン）にも南京（ナンキン）にも上海（シャンハイ）にも漢口（ハンカオ）にも、マア支那の目ぼしい都には悉くいたことがある。方々へ転々として商売をしていたというのですね。嘘か本当か分かりません。本人がそう云っているのです。

「支那の政治家とも、大抵は知り合いだといって有名な政治家の書などを沢山持っている。美術品もいろいろ持っていて、当時、この男を調べた刑事の話によると、古い仏像だとか、面だとか、薄気味の悪いようなものを、実に夥しく持っているのだそうです。支那語は日本語よりもうまいくらいで、本人は支那事変が始まってからは、密偵のようなことを勤めたといって威張っているのですが、嘘か本当か分かりません。その頃、警視庁で軍の方に問い合わせたところ、結局、はっきりしたことは分からなかったのです。どうも出鱈目（でたらめ）らしいのですね。

「この男は妻も子もなく、全くの一人ぼっちで暮らしていて、親戚知己もないのか、近所の人は、彼の家に客の来たのを見たことがないといっています。小金は持っているらしいのです。支那から帰ると、芝の××町に売物に出ていた外人の家を買い入れて、そこに一人で住んでいるのですからね。この家がまた、化物屋敷のような古い毀れかかった西洋館で、木造二階建の、建てた時には相当の建物だったでしょうが、何分にも年数がたっているので、全くの荒屋です。そこで自炊生活をしているのですね。

「年ですか、カードに書いてある通り明治二十八年生まれですから、丁度五十ですね。なかなか立派な男で、背が高くって、顔も立派な顔をしているのです。八字髭なんか生やしているんですよ。

「ひどい変わり者です。第一こいつの家の門はあいていたことがない。いつも鍵がかけてあって商人などが来ても入ることができない。夜も表からは電灯の光も見えないので、家にいるのかいないのか見当もつかないのだそうです。つまり交友関係が全くないのですね。では、食事なんかは、どうしているかというと、すべて外食らしいのです。放浪癖があるので、家をあけて旅行することが多いらしいのですが、いつ出かけて、いつ帰ったかは、近所の人も知らないという有様です。(注3)隣組の持て余しものですね」

「で、その男が何か罪を犯したのですか」

三好曹長は、指紋係の話がいつまでもその点に触れないのを、もどかしがって訊ねた。

「サア、それが罪という程の罪ではないのです。ただ非常に変わっているのですね。一例をいいますと、他人の邸宅へノコノコ入って行って、主人の居間に坐りこんで、平気な顔で女中にお茶を持って来いなどという。全く知らぬ家でそれをやるのです。別に物を盗んだりする訳じゃありません。そういう訴えが警察に来るのです。

「身の軽い奴でしてね。真昼間、屋根の上を伝い歩くという変な癖も持っていました。他人の家の屋根から屋根と伝って歩き廻るのです。

「それから真夜中に町を歩くのですね。そして犬を殺すのです。飼主のある犬でもなんでも、吠えついてくるやつを片っぱしからピストルで撃ち殺す。ある夜などは同じ町内に犬の死骸が六匹も転がっていたというのですからね。

「これは飼主達から訴えがあって、損害賠償をさせられたのですが、その罪と無届でピストルを所持し、市中でそれを発射したというかどで罰せられたのです。それに以前からのいろいろの不審な行動もあって、その時は、厳重な取り調べを受けました。医師の精神鑑定も行われたのですが、精神病者ではない。判断力は正常なのです。一種の極端な変わりものということで放免になりました。しかし、それ以来、所轄警察署の注意人物になっているのです。尾行がつくというわけではありませんが、油断のならぬ突飛な男として、絶えず注意を払うことになっているのです。

「で、あなたのお持ちになったこの指紋は、一体どういう事件に関係があるのですか」

「殺人未遂事件です。長野県の山奥で、計画的に行われたのです。一昨晩の出来事です」

「ヘエ、あいつがね。フーン、そうですか。で、憲兵隊でお取り扱いになっているのは、無論……」

「そうです。間諜の疑いがあるのです。戦争と密接な関係のある非常に重大な犯罪です。すぐその男を調べて見たいのですが……」

「分かりました。幸い、その男を手がけた刑事が居りますから、所轄警察署まで御案内させましょう。ちょっと課長に相談して見ますから、暫くお待ち下さい」

指紋係はそういって立ち去ったが、程なく給仕がやって来て、三好憲兵曹長は捜査第一課長の室に案内され、課長の紹介で北村というその刑事に会い、韮崎の住居に同行して貰うこととなった。

その自動車の中で、三好曹長は、この犯罪の重大性と犯行の超現実的とも称すべき巧みさについて語ったが、すると、北村刑事はそれに応えて、

「あいつが間諜であろうとは、全く気がつきませんでした。しかし、考えて見れば、如

何にもそういう犯罪にはうってつけの男です。あいつは手品使いですからね」

と、不明を恥じるように云った。

「手品使いといいますと」

「奇術師ですね。実に手品がうまいのです。留置中に、私達の前でやって見せたことがあるのですよ。小手先の手品でしたが、実に玄人（くろうと）はだしのうまさです。あいつなら、どんな大仕掛けの手品だってやり兼ねませんよ。あなたは今隠れ蓑とおっしゃいましたね。そういう手品だって、あいつならやれるかも知れません」

刑事は真面目な顔でそんなことを云った。

「支那語がうまいのだそうですね」

「エエ、それは手に入ったものです」

「日本人であることは確かなのですか」

「原籍は調べたのです。架空の人物ではありません。しかし、十何年も支那にいたので、あの男の顔を見知った友人というようなものが一人もないのです。原籍地は籍があるというだけで親戚も何もありません。しかし、顔立ちが日本人ですし、言葉にも変な所はないので、取り調べの当時は、別に疑っても見ませんでしたが、若（も）し今度の犯人があいつだとすると、何とも云えませんね。私達はまんまと騙（だま）されていたのかも知れません。

「それに、あいつの突飛な気違いめいた所業も、実はわれわれの目をあざむく一つの手段だったのかも知れないのです。ああして変わり者だ、気違いだという風に見せつけておけば、逆手の迷彩になるわけですからね。警察の御厄介になって事なく放免されるというのは、大きな犯罪を企む者にとっては、一つの逆手ですからね」

北村刑事は、如何にも残念でたまらぬという様子であった。

火焔放射器

愛宕警察署を訪ねて署長に面会し、事情を話すと、丁度折よく韮崎の住居の近くの交番詰の巡査が居合わせているというので、署長はその巡査を三好曹長達の前に呼んでくれた。

「韮崎をお調べになるのでしたら、余程うまくやらないと、あいつ、突拍子もない男ですからね。そうですね、ああいいことがあります。あの町会は今夜八時から防空訓練をやることになっているのですよ。韮崎は群員です。必ず出て訓練に参加します。何しろ変わり者ですからね、気が向けば何を始めるか分かったものじゃありません。

今までまるで交際をしなかった隣組とも、近頃はよろしくやっているらしいのです。まるで軽業師みたいに身軽な男ですから、防空活動には最適任ですよ」

「ヘエ、あの男が防空訓練を。こりゃ驚いた、大変な心境の変化ですね」

北村刑事はあっけにとられたように呟いた。

「ですから、訓練に夢中になっている不意を襲われるのがいいじゃないかと思います。でないと、あいつを捉えるのはなかなかむずかしいですよ。第一、家にいるかどうか怪しいですし、たとえ家にいても、訪問者が気に入らないと、裏口から逃げ出してしまうという男ですからね。出没自在で、普通のやり方では、とても手におえませんよ」

「そうですか。それじゃ僕は今夜平服に着更えて、その男を訪問することにしましょう。いきなり逮捕しないで、一応おとなしく様子を探って見たいと思うのです。ところで、今度の事件は今もいう通り、一昨夜長野県で起こったのですが、万一韮崎がその晩東京にいたということが確認されれば、捜査方針は一変するわけです。つまり現場不在証明ですね。この点について何かお気づきのことはないでしょうか」

三好憲兵曹長が訊ねると、巡査は手を振って見せて、

「イヤ、それはとても駄目です。あの男は外出するにも、帰宅するにも、近所の者に姿

を見せたことがありません。交番の前などは一度も通ったこともないのです。幽霊みたいな奴です。近所でお訊ねになっても、とても分かりますまい。防空訓練の日だけ姿を現わすのです。何だか通り魔のようだといって、附近でも評判しているくらいですからね」

結局、それ以上のことは聞き出すことができなかった。三好曹長は今夜その巡査に韮崎の住居近くまで案内して貰う約束を結んで、愛宕署を出で、北村刑事とも一応別れをつげて、憲兵隊司令部に帰った。

午後八時、芝区××町一丁目、韮崎の住居の前の道路には闇中の防空訓練が行われていた。模擬焼夷弾（もぎしょういだん）が炸裂し、発煙筒の黄色い煙があたりに立ちこめ、警防団のポンプが出動し、メガホンでわめく人声、バケツを手にして右往左往する男女の黒影、真実の火事場のような騒ぎである。

その暗闇の人群れの中に、いつの間にか国民服、巻脚絆（まききゃはん）の防空服装に身をかためた三好曹長がまぎれ込んでいた。彼は人々と共に走り廻りながら、韮崎の姿を探し求めた。

「韮崎さんはどこです。どこにいます」

バケツを持って走るモンペの婦人に呼びかけると、その人は立ち止まって、五、六間向こうの闇を指さしながら、叫んだ。

「あすこにいます。あの黒い頭巾(ずきん)を冠(かぶ)った背の高い人です」

三好は、その黒い人影に駈け寄って行った。

パッと視界が明るくなった。第一の模擬焼夷弾が鎮火するのを待って、第二の模擬焼夷弾に点火せられたのだ。エレクトロンの白熱の火花が飛び散り、その火光が真正面から韮崎と教えられた男の雄姿を照らし出した。

これはまた異様な風体(ふうてい)である。真黒な国民服に黒の脚絆、鉄兜(てつかぶと)はなくて、黒ラシャ製の婦人用防火頭巾のようなものを、まぶかに冠っている。その中から防空眼鏡の大きなガラス玉がギラギラ光り、鼻下(びか)には美しい八字髭がピンとはね上がっている。北村刑事から聞いていた通りの堂々たる美丈夫(びじょうふ)である。

訓練はそれから三十分ほどで終わり、警防団員の講評があった。その間、三好曹長は韮崎の身辺を離れず、彼の一挙一動を見守っていたが、散開となり、一同がそれぞれの家庭に引き上げる時となって、その虚を突くように、彼は韮崎の側に寄って行った。

「韮崎さんですね。お疲れのところを恐縮ですが、一寸(ちょっと)お話ししたいのですが」

丁寧に声をかけると、韮崎は立ち止まって、三好を見おろすようにして落ちついた声で答えた。

「どなたですか」

「三好というものです。憲兵隊のものです」

ズバリと云ってのけたが、相手は別段驚く様子もなかった。

「どういう御用ですか」

「少しこみ入った話があるのです。立ち話も何ですから、差し支えなかったら、あなたのお宅で」

「アア、そうですか。ではどうか」

韮崎は先に立って歩いた。逃げ出す気配が見えたら引っ捉えようと、気をはりつめていたが、そんな様子もなく、ゆったりと歩いて行く。

門を入って、暗闇の玄関にたどりつくと、ギイイイと軋む音を立てて扉が開かれた。廊下は真暗で、どこかの部屋の電灯が、扉の隙間から帯のような光を投げている。

韮崎はコツコツと靴音を立て、その電灯のある部屋に近づき、扉を開いて憲兵を招じ入れた。装飾も何もない、ガランとした広い部屋である。その真中に四角な卓が一つ、その四方に籐張りの廉物の椅子が一つずつ置いてある。

ただ一つ正面の壁に縦三尺ほどの大きな額が懸っている。それが、この殺風景な部屋の唯一の装飾である。

三好曹長はその額を見ると、ハッと立ちすくむほどの驚きに打たれた。日本国内にこういうものが麗々しく飾られていることは、何人も予期し得ないことであった。全くの不意打ちであった。憲兵と知りながら、こういう部屋へ案内した韮崎の心持を推し兼ねて、さすがの三好曹長も狼狽を感じないではいられなかった。

立派な額縁の中に米大統領ルーズベルトが納まり返っていた。等身以上の拡大写真である。

狂人か大悪党か、奥底の知れぬ韮崎は、相手の驚きなどには少しも気附かぬように、平然として椅子に腰をおろし、客にも椅子を勧めた。

「で、御用は」

三好曹長も腰をかけたが、暫くは心を落ちつけるために沈黙している外はなかった。

「夜分、おいそぎの御用と思いますが」

相手はあくまで落ちつきはらっている。ゆっくりと防火頭巾を脱ぎ、防空眼鏡を取りはずした。綺麗に撫でつけた恰好のよい頭、不思議に涼しい二重瞼の目、その目を見た時、三好曹長は悪人がこういう目を持っているのかと、また新たなる驚きを感じないではいられなかった。

だが、いつまでも黙っているわけには行かぬ。

「一昨晩、あなたはお宅においでででしたか」

少しの技巧をも弄しないで、出来るだけ単純な訊ね方をした。

「居りました。私はこの頃旅行したことはありません」

相手も少年のように単純に答えた。

「実はある事情があって、一昨夜あなたがお宅におられたという、何か確実な証拠がほしいのですが、誰かが訪ねて来たとか、又は誰かを訪問されたとか、道で出会ったとかいう御記憶はないでしょうか」

「私は一昨日は昼も夜も家にとじこもって、一度も外出しなかったのです。訪ねて来たものもありません」

「食事はどうなさったのですか」

「この頃は自炊ですよ」

「外に何か証拠になるようなことは……」

「ありません。全く証拠絶無です。ハハハハハ、お気に入りませんか。イヤ、近所をおたずねなさっても無駄です。私の居間の窓は、いつも閉め切ってあります。厚いカーテンがあるので電灯の光も外からは見えません。防空上の言葉でいうと完全遮光室という奴ですね。ハハハハハハ、不思議ですね。一昨夜私がこの家にいたかいなかったか。それを証明する道が一つもないなんて、これは実に不思議という外はありませんね。エ、如何です。こういうお答えではお気に入りませんか。オヤッ、あなたはひどく何かを見つめていますね。アア、あれですね。あの額ですね。あの写真の男ですね」

「そうです。僕は憲兵として、あなたがどういう意味で、あんなものを恭しく飾っておくのか、詰問しなければなりません」

「意味ですか。それは至極明瞭な意味があるのですよ。ええと、ああそうだ。ちょっとお待ち下さい。今その意味をお目にかけましょう」

韮崎は立って行って、部屋の一方の小型の扉を開いた。三好曹長は若し逃亡の様子が見えたら、すぐさま飛びかかる用意をしたが、そこは出入口ではなくて、戸棚のような場所であった。韮崎は、そこから長方形の木箱を持ち出して来て、卓の上に置いた。

ゆっくり蓋を開いて、その中から取り出したのは、小銃のような形をしたものであった。長さは普通の小銃の半分ほどしかなくて、筒口が尺八のように心持ち開いている。もっと異様なのは、引金の辺から柔軟な金属の管が出て、木箱の中の、やはり金属製の四角な容器につながっている。

「こういうものを御覧になったことがありますか。今戦場で盛んに使われている火焔放射器ですよ。小型火焔放射器とでもいいますかね。私が自分で拵えたのです。こう見えても、私は科学者ですよ。錬金術師ですよ。この建物の中に工房があるのです。私は以前ピストルを何挺か持っていたのですが、皆警察にとり上げられてしまいました。そこで手製の玩具を拵えたというわけです。ハハハハ、お分かりになりますか」

韮崎はそういって、その火焔放射器の筒口をあちこちと動かすのであった。ピンとはねた八字髭が、如何にも中世紀の錬金術師めいて似つかわしかった。

「で、その玩具で何をしようというのですか」

三好曹長は平然と訊ねた。彼は多年の錬磨によって、飛道具等には驚かぬ度胸を持っていた。

「御覧なさい、こうするのです」

韮崎は叫ぶように云って、放射器を構え、カチッと引金を引いた。筒口から一直線の白煙がほとばしったかと思うと、その尖端が恐ろしい焔となって的に吹きつけた。的はルーズベルトの半身像であった。

ガラスのない写真像は、忽ち焔に包まれ、金色の額縁諸共メラメラと燃えはじめた。

「分かりましたか、大統領の火刑です。私はこれと同じ引き伸ばし写真を何枚も作りました。むろん自分でやるのです。そして額縁に入れては、三日に一度、五日に一度、火焔放射器の性能試験をしているのです。分かりましたか。どうです。分かりましたか。ワハハハハハハ」

韮崎は燃えさかる額縁を眺めて狂気のように笑うのであった。

「ワハハハハハハ」今度は、三好曹長の口から爆笑がほとばしった。

「お芝居はもうたくさんです。サア一緒に行きましょう。君にはまだいろいろ聞きたいことがあるのです」

「一緒に。どこへです」

「憲兵隊へです」

二人は卓をはさんで立ちはだかっていた。笑いの影は二人の顔から跡形もなく消え去り、互いの烈しい視線が、火花を発して空中に斬りむすんでいた。

大人国

「憲兵隊、よろしい。憲兵隊へ参りましょう。併し、その前にあなたに見せたいものがある。よい機会です、僕の秘密、僕の錬金術をお目にかけよう。是非見てもらいたいのです。それを見れば、僕がどういう人物であるか、あなたにもよく分かるのです」

しばらく睨み合っていたあとで、怪人物韮崎庄平が、遂に兜を脱いだという調子で、真面目に提議した。

三好憲兵曹長は、このえたいの知れぬ相手の真意を察し兼ねて、急には答えなかった。警視庁指紋係の話によれば、韮崎は支那の仏像、骨董の類を夥しく所持していて、人にそれを見せて喜んでいるということであったが、今韮崎が見せたいというものは、それとは違うように感じられた。「錬金術」という言葉が何かしら突飛な非常識なものを連想せしめた。

憲兵がそんなことを考えながら無言でいる間に、米国大統領の引き伸ばし写真像は、半ば以上燃え尽くして、大きな物音を立てて床に落ちた。落ちたまま、顔の部分が燃えている。口と鼻とは既に跡形もなく、今や二つの大きな目が灰になろうとしている所であった。漆喰の天井、厚い壁、固い南洋材の床、急に燃え移るものは何もなかったが、そのまま放って置くわけには行かぬ。韮崎は燃える額縁を靴で踏みにじって火を消した。

「ハハハハハハハ、僕がこのアメリカ人に敬意を表していないことがよくお分かりでしょう。僕はこいつを呪っているのですよ。つまり、呪いの人形（ひとがた）というわけですよ。僕は身の証（あかし）が立てたいのです。僕がどういう人間であり、何を目論（もくろ）んでいるかということを、のっぴきならぬ証拠品によって、あなたに認めていただきたいのです。むろん、逃げ隠れはしません。喜んで憲兵隊へもお供しましょう。ただその前にほんの少しばかり、あなたの貴重な時間を拝借したいのです。御承諾願えませんかな」

三好曹長は、何か罠があるなと感じた。併しそれを恐れる気持は少しもなかった。こちらは予めあらゆる場合に備えて用意ができているのだ。むしろ進んで罠に懸かって見よう。それでこそ、このえたいの知れぬ怪物の正体が摑めるのだ。

「よろしい。それでは君の錬金術とやらを拝見しましょう」

曹長は微笑しながら答えた。

「そうですか。何よりの仕合わせです。ではこちらへお出で下さい。僕の工房へ御案内いたしましょう」

韮崎も薄気味悪くニヤリと笑って、少し猫背になって、長い指の手を揉（も）み合わせながら、恭しく先に立って案内した。

暗い廊下を少し行くと、果たして地下室への入口があった。三好曹長はそれを予期していた。韮崎は床に蹲（うずくま）ってコトコト音を立てていたが、やがて床板の一部が揚げ蓋になって、ギイと開くと、地下から幽かな光が漏れて来た。

韮崎は先に立って地下への階段を降りる。三好曹長は油断なく四方に目を配りながら、そのあとにつづく。揚げ蓋は開いたままである。

階段を降り切ると、そこに又扉がある。韮崎はその扉に手をかけて、薄くらがりの中を振り返った。

「この中が私の工房です。実に手狭でお恥かしいものですが、御一覧下さい」

扉を開いて一歩その室内に踏み入った時、流石の三好曹長も、あっけにとられて、やや暫く棒立ちになっていた。

天井も壁も床もコンクリートで固めた非常に広い頑丈な地下室である。そこに雑然紛然として、あらゆる形状の品物が天井の電灯に照らされて並んでいる。一方の隅は鍛冶場になっていて、巨大な漏斗をさかさまにしたような通気屋根の下にコークスの充満した炉の口が開き、奇妙な形の足踏み鞴が横たわっている。その隣には小型旋盤が置かれ、すぐ傍の床に取りつけたモーターと調革でつながれている。その近くの壁には配電盤があり、大きなスイッチの銅が幾つも気味悪く光っている。

又一方の壁際には、大きな化学実験台が置かれ、その上にはレトルト、ビーカー、フラスコ、無数の試験管などあらゆる形状のガラス容器が雑然と並び、チロチロ燃える青い瓦斯の焔に、レトルトの中の液体が黄色い煙を吐いて沸々と泡立っている。

床一面には様々の形をした金属管、金属板、木切れ、板切れなどが所狭く置き並べてあって、玩具箱をひっくり返したと云おうか、ブリキ屋の仕事場を引っ掻き廻したと形容しようか、実に恐るべき光景であった。しかもそれらの金属や木片が、凡て一種異様の形状に切断せられ、折り曲げられていて、一体何を造るためにこのような形状が必要なのか、常人には想像もつかない不思議な品々であった。

更らに異様なのは、この部屋には到るところに厚い天鵞絨の垂幕が下がって、一箇の大地下室を幾つもに区画し、迷路のような感じを与えていることであった。それらの垂幕の背後には何が隠されているのか、まことに油断のならぬ気配である。若し人が隠れようとすれば、この地下室には実に無数の隠れ場所があるわけである。

「これが私の工房ですよ。中世の錬金術師諸君も恐らくこんな工房に立て籠っていたことでしょうね」

韮崎は、三好曹長の驚き顔を尻目にかけて、さも得意らしくいった。この地下室では、彼の房々とした長髪や、ピンとはね上がった口髭、真黒な服装などが、俄かに生彩を放ち、一層魔術師めいて感じられる。

「これは一体何を造るための工房ですか」

三好曹長が詰問するように訊ねると、相手は奇妙な微笑を浮かべて、長い指の手を顔の前でヒラヒラと振って見せた。

「いろいろなものを造るためです。さっきの火焔放射器などもここの製品の一つですが、しかしあんなありふれたものを造るために、この工房を構えたのではありません。私の目ざすものは人間の想像を絶した遙か彼方にあるのです。

「よろしいですか。中世の錬金術師は石や鉛を黄金に変えようとして苦労をした。彼等も本来は化学者なのですが、その突飛な情熱が魔術の方向を取り、世間から魔術師扱いを受けるに至った。よろしいですか。私も実は現代の錬金術師です。私は中世の先輩達のように金を採ろうなどとはしませんが、それよりももっと突飛なことを考えているのです。しかし私は魔術師ではありません。科学者です。ただ普通の科学者などは想像もしない大きな目的を持っているという点で、大学の先生などと違っているだけなのです」

韮崎はそこにころがっていた木箱の上に腰をおろして、落ちつきはらって長話をはじめた。証拠の品とやらは、この前説明が終わったあとで見せる積りなのであろう。三好曹長は相手のなすがままに任せ、自分も一つの木箱に腰かけて、この奇妙な演説者の顔を見守るのであった。韮崎の饒舌はつづく。

「科学が空想のあとを追って進歩して来たことは、誰でも知っている通りです。鳥のように飛びたいなあという空想が、現代の航空機を造り出す基となったのですね。魚のように水中を泳ぎ廻りたいという空想が、潜航艇を造り出したのです。古代人は一瞬にして千里を走る魔法の靴を空想しました。ギリシャ神話に翅(はね)の生えた靴を穿いている神様があります。西遊記の孫悟空は觔斗雲(きんとうん)に乗って一瞬に千里を走るのです。速度の夢ですね。現代の航空機、ロケットなどがこの夢に近づこうとしています。千里眼はどこの国の古代人も空想しました、千里先の蟻の数をかぞえ得る目、千里先の蚊の鳴く声を聞く耳は、誰もが夢見たところです。しかし、これも天体望遠鏡とラジオ、電波探知機などによって既に実現せられました。よろしいですか。そこで人はこういう確信を持つことはできないものでしょうか。即ち人間の考え得ることで為(な)し得ざることはないのだという確信ですね。この世に不可能はないのだということですね。精神一到何事か成らざらんという言葉は、本来の倫理的な意味の外に、科学的な意味をも持っているということですね。不可能という文字はナポレオンの字引になかったばかりでなく、科学者の字引にもないのですよ。エ、何とすばらしい考えじゃありませんか。私はこの確信を得たのです。躍り出したくなるじゃありませんか」

怪人物韮崎のいうところは、一応尤(もっと)もであった。三好曹長もこの話を聞いている内に、科学というものの本当の意味はそこにあるのだ、科学者の真の使命はそこにあるのだと感じないではいられなかった。だが、この奇妙な男は結局何を云おうとしているのであろう。この錬金術師は何を発見したというのであろう。三好曹長は、できもしない永久運動の発明に一生を捧げて、遂に発狂した男を知っていた。熱狂的な発明家と狂人とは紙一重の違いのようにも思われる。この韮崎という怪人物も恐らくは狂人の部類に属するのではあるまいか。併し相手の思惑にはお構いなく、韮崎は憑かれたような饒舌をつづける。

「ところが、古来人間の描いた夢の中で、まだどこの国の科学者も手をつけていないものが、一つだけあるのですよ。ただ一つだけですよ。エ、お分かりになりますか。あなたはガリバアの旅行記をお読みになったことがありましょう。ガリバアが小人国に漂着して、指の先程の人間の国の有様を見るところがありますね。小人国の住民から見れば、ガリバアは奈良の大仏どころではありません。富士山のような巨人です。小人国のいかめしい城塞は、ガリバアの靴の底でギュッと踏みにじれば、蟻の塔のようにつぶれてしまうのです。小人国の幾万の軍隊も、ガリバアがヒョイと腰をおろせば、その腰の下に敷きつぶされてしまうのです。小人国の住人から見れば、ガリバアの皮膚は象の皮の何十倍も厚くて、大砲の丸は迚も通りません。小人国最大の巨砲に撃たれても、ガリバアは蚊に刺されたほどにしか感じないのです。

「大人国小人国の夢は、古来どこの国でも空想されました。日本でも色々な形でそれが残っています。新しいところでは朝比奈三郎島巡りなどという奇抜なのがありますね。朝比奈三郎が小人国に腰をおろして煙草を吸っていると、小人国の人民共はその煙草の煙を大火災と勘違いをし、小人国の大勢の火消しが朝比奈の膝に梯子をかけて、消防に当たるというあれですね。

「そんな子供だましの空想が、科学とどんな関係があるのだと仰有るでしょうね。そうです。昔から発明家というものは、いつも世間からそういう風に云われ、笑われて来たのです。鳥のように飛ぼうとして、紙の翅をつけて屋根から飛び降り、大怪我をした男は、その当時どんなに物笑いの種にされたでしょう。しかしその男こそ航空機発明の先覚者だったのです。大発明はいつも子供だましから出発するのです。千万人の凡人共がガリバア旅行や朝比奈島巡りの空想を子供だましと嘲笑している時、ただ一人この空想と真面目に取り組む男があればよいのです。その男だけが本当の意味の科学者なのです。

「つまり、私はこの我々の世界を小人国と仮定して、そこへ突如としてガリバアや朝比奈のような巨人を登場せしめることを考えているのです。アア、あなたはお笑いになりましたね。狂人の戯言だと仰有るのですか。よろしい、では一つ実物をお目にかけましょう。こちらへお出で下さい」

韮崎の言動は益々出でて愈々奇怪であった。彼はそのような巨人を見せようというのであろうか。そんな馬鹿馬鹿しいことが、一体この世に起こり得るのであろうか。

鉄の指

韮崎は一方の長い垂幕をかかげて三好曹長を区画の内部へ案内した。だが、その中にはただ一箇の大きな水槽が置いてあるばかりで、巨人らしいものの影さえ見えなかった。それは長さ一間、幅四尺ほどの木製の水槽で、その中央に一尺ほどの模型軍艦が浮かび、一方の隅には木製の台があって、そこに玩具の砲台のようなものが拵えてある。海戦映画の模型撮影装置という感じであった。

韮崎はその玩具の砲台の側に蹲んで、大砲の発射装置に指をかけながら説明した。

「この玩具から魚形水雷が飛び出すのです。よく見ていて下さい。水雷が水の中を進むのが見えます。その進路に注意して下さい。目標はあの模型軍艦の横っ腹です。よろしいですか。ソラ発射します」

カチッと音がして、大砲の口から五、六分ばかりの小さな黒い魚形水雷が水中に飛び込み、模型軍艦目がけて進んで行くのが見えた。最初魚雷の方向は正確に軍艦の中央部を指していた。その方向へと一直線に進んで行った。だが、不思議なことに、魚雷が軍艦から一尺程に近づいた時、その方向が曲がりはじめた。そして艦尾へ艦尾へと曲線を描き、遂に艦体をそれて軍艦の後に鎖でつながれている一寸程の黒い物体へ、ピチッと音を立てて吸いつくように命中した。

「もう一度やってみますよ」

韮崎はそう云って、又魚雷を発射したが、今度も同じことが起こった。魚雷の進路はやはり急曲線を描いて、軍艦にではなく、尾部につないだ黒い物体へ命中した。韮崎はそれを二度三度繰り返して見せたが、何度やっても同じことが起こるのであった。

「もうお分かりでしょう。模型軍艦に鎖でつながれている黒いものは、強力な磁力を持っているのです。魚雷でも大砲の丸(たま)でも、その磁力圏に飛び込んだが最後、悉く引きつけてしまうのです。この黒い物体は、鎖で引かれて、水中を軍艦のうしろからお供をしているのです。そしてこの物体は魚雷や砲弾で蜂の巣のように穴があいても、御本尊の軍艦の方は、かすり傷一つ受けないという仕掛けです。つまり文字通りの不沈艦ですね。お分かりになりますか。若しある国の軍艦が全部この装置を施したとすれば海戦というものの意味が変わって来るのです。魚雷や砲弾では沈められない無敵艦隊の出現ですね。この原理は空中からの投下爆弾にも応用できない訳はありません。

「これは妖怪変化の原理とも云えるのですよ。イヤ、笑いごとではありません。昔の武士が狐狸の妖怪を退治する話がありますね。相手は美しい女に化けているのですが、その女をいくら斬っても少しも手応えがありません。そこで武士は美人の側にころがっていた石塊に斬りつけます。すると変化はキャッといって倒れるのです。美人は影で、妖怪の本体は石ころに化けていたからです。それと同じことです。この装置を施した軍艦は、撃っても撃っても命中しない妖怪艦隊なのですよ。どうです、すばらしいじゃありませんか。ところで、もう一つお見せするものがあります。こちらへお出で下さい」

韮崎は得意の鼻を蠢かしながら、別の垂幕をかかげて三好曹長を案内した。曹長は相手の饒舌と奇妙な仕掛けに少々面喰らった形で、咄嗟に明確な判断を下す余裕もなく、云われるままに別の垂幕の中へ入ったが、驚いたことには、そこにも一つの立派な模型が飾られていた。

やはり一間四方程の厚い板の台の上に、ここには西洋の都会らしい美しい市街が出来上がっていた。数十階の摩天楼が林立し、その間々に教会の丸屋根や、白い石柱の立ち並んだ銀行風の大建築物などが風情を添え、道路には電車、自動車が走り、通行の群衆の姿まで、豆粒ほどの大きさで精巧に拵えてある。子供に見せたならば狂喜しそうな美しい模型市街であった。

「この市街に見覚えがありませんか。ニューヨークの一部なのですよ」

韮崎はそういって、摩天楼の一つ一つを指し示しながら、その名称を教えた。なるほど云われて見れば、写真で見るニューヨーク市街そっくりである。

「ところで、ここにも亦一つの奇蹟が行われるのです。よく見て下さい」

韮崎が模型市街をのせた台のうしろに廻って、何かしたかと思うと、地平線の丘の彼方から突如として巨大な怪物が出現した。毒々しい迷彩を施した一箇の鉄車である。その形は現代陸軍の戦車に似て、やはり無限軌道で進行するようになっていたが、その図体が恐ろしく巨大である。模型市街と比較すれば、その鉄車の全長は数町に及び、高さは最も高い摩天楼に等しく、無限軌道の鉄板の一箇が百畳敷もあろうという怪物なのだ。

巨人国の大戦車は、ガリガリと異様な音を立てて丘を乗り越え、忽ちニューヨーク市街に近づくと見るや、行手を遮(さえぎ)る大建築物を、無限軌道の巨大な鉄の歯によって嚙みくだき嚙みつぶし、見る間に市街の一部分を蹂躙(じゅうりん)し尽くした。数分間にして、戦車の下敷きとなり、生命を失ったもの恐らく数万人に上ったことと思われる。しかもこの戦車は摩天楼を踏みつぶすばかりでなく、前後左右に数知れず装備された巨砲から絶えず煙を吐き、遠距離の建物、人命をも同時に破壊して行くのだ。如何なる要塞もトーチカもこの巨人国の戦車の前には全く無力である。どんな大都市も僅々(きんきん)数時間にして廃墟となり、無人の境と化し去る外はない。

「お分かりになりましたか。これが私の所謂(いわゆる)ガリバア旅行記の空想なのです。朝比奈島巡りの夢なのです。これらの着想を模型でなくて、本物として実現することができたならば、世界の動乱は忽ちにして終熄(しゅうそく)するのです。真の科学者の血潮を湧き立たせるに足る題目ではありませんか。凡庸な科学者達は大笑いをするでしょう。それは模型の世界でのみ可能なのだ。玩具だからできるのだ。それを実現しようなどとは、痴人の夢に過ぎない。本当の魚雷や砲弾を引きつけるような大磁力を得ることは、しかもそれを軍艦の尾部につけて曳航(えいこう)させるなどということは、学問上不可能なのだ。又大戦車にしても、その車体を造ることは仮令(たとい)できるとしても、動力をどうするのだ。そんなべらぼうな動力を一体どうして造り出すのだ。笑うに堪えた空想であると、頭から問題にしないことでしょう。

「しかし、いつの場合にもこういう嘲笑はつきものなのです。日清戦争の頃、六万吨(トン)の鋼鉄艦を空想した者は、きっと同じように嘲笑されたことでしょう。最初の機関車の着想者、最初の航空機の着想者が、どんな嘲笑を受けたかは、むろんあなたもよくご存知の通りです。

「むろんこれらの玩具が私の錬金術ではありません。これらを如何にして実現するかの点に私の錬金術があるのです。私は今着々として一つの方向に進んでいます。磁力を万倍し、動力を万倍するための理論と数式です。機械における朝比奈三郎を如何にして生み出すかの問題です。私は今この研究と取り組んでいるのです。先(ま)ず設計書の上で、その可能性を見出そうと夢中になっているのです。ところでね、まだいろいろお見せするものがあるのですよ。サア、今度はこちらへお出で下さい」

韮崎の饒舌は極まる所を知らなかった。この男は一介の狂人にすぎないのか、それとも彼自身の主張する如き大発明家であるか。三好曹長は判断力の昏迷(こんめい)して来るのを禁ずることができなかった。併し彼の多年の経験から来た直覚は「こんな手管(てくだ)で化かされてはいかんぞ。油断するでないぞ」と彼の耳元に囁きつづけていた。

韮崎が案内した次の垂幕のうしろには、これは又途方もない代物(しろもの)が待ち構えていた。ただ見る、部屋一杯の真黒な手首である。コンクリートの壁から、突然、奈良の大仏のような大きな手の平が、ニューと突き出ていたのである。

無論生きた巨人の手ではない。鉄板で造った巨大な手首の模型である。今まで玩具の軍艦や玩具の市街など小さなものばかり見せられて来たので、この巨人の手首は本当の大きさの数倍にも感じられ、その巨大感の空恐ろしさに身もすくむ思いであった。仁王のようにパッと拡げた五本の指、真黒な鋼鉄の指、その一本一本の太さは電柱ほどもあり、手の平の幅は人間の背丈に余る大きさである。

「小人島の住民が見たガリバアの手首です。むろんこれではまだ小さすぎるのですが、材料もなく、部屋の大きさも不十分でした。これが今のところ、私にできる精一杯の大きさです。これを更らに十倍にし百倍にし、而もそれが生きた人間の手のように動く、巨人国の力学が私の目ざす所です。これはまあ、ごく初歩の見本にすぎないのですよ。側によってよく見て下さい」

三好曹長は巨大なるものの引力に吸い寄せられる感じで、心にもなく巨人の手の平に近づいて行った。そして、その奇妙な構造を仔細に眺めていると、突然、垂幕の向こうに異様な笑い声が聞こえた。韮崎の声である。変だぞ。あいつ何時の間に幕の外へ出て行ったのかと、ヒョイと振り向こうとすると、もう遅かった。巨人の鉄の指が恐ろしい勢で内側へ曲がり込んで来た。抜け出そうともがくうちに、電柱のような五本の指がヒシヒシと五体をしめつける。つまり巨人の手が三好曹長をギュッと握りしめたのである。

垂幕がゆらいで、韮崎が戻って来た。魔法使いの形相（ぎょうそう）で、さもおかしそうに笑っている。

「ハハハハハハハ、どうです、この仕掛けは。巨人は生きていたじゃありませんか。ハハハハハ、あなたはもう私の虜（とりこ）ですよ。だんだん締まって来るでしょう。今にあなたは締め殺されてしまうのですよ。イヤ、それは冗談です。それは冗談ですがね。併し、あなたはその手を抜けることができますか、できますまい。つまりですね、あなたは朝比奈三郎に掴まれたというわけですよ。あなたを生かすも殺すも、朝比奈の思うままというわけですよ」

巨人の指の関節は、一種の蝶番（ちょうつがい）になっていて、機械仕掛けによって屈伸自在なのだ。何しろ電柱ほどもある指、それが機械で動いているのだから、小さな人間の力ではどうすることもできない。だが、妙なことに、三好曹長は、さして驚いた様子もなく、鉄の指に掴まれたまま微笑を浮かべていた。

「君は僕を虜にしたというわけだね」

「まあそうですね、苦しいですか。一つあなたの力で、それを抜け出して見ては如何です」

韮崎もニヤニヤ笑いながら穏やかに云った。

「抜け出せないこともあるまい。一つやって見ようかね」

「ホホウ、やってごらんになる。そいつは面白いですね。拝見しましょう」

一方は鉄の指に全身を挟まれ身動きもできぬ姿勢のまま、一方はその前に立ちはだかり腕組みをしてこれを嘲笑しながら、二人の視線は数瞬憎悪の火花を散らして空中に斬り結んだ。

するとその時、非常に意外なことが起こった。ガチャンと烈しい音と共に、鉄の指が開いたのである。三好曹長は忽ち自由の身となってその場を遠ざかり、油断なく身構えをした。

「先ずこんな塩梅さ」

韮崎はそれを見ると、呆気にとられて暫くポカンと口を開いたまま棒立ちになっていたが、やがて狂気のように鉄の指に向かって突進して行った。何か故障があったのだ。機械が狂ったのだ。でなければこんな途方もないことが起こる筈がない。彼は鉄の手の平のあちらこちらを撫で廻して、その故障の箇所を確かめようとした。

その時、再び奇蹟が行われた。巨人の指は忽ち内部に彎曲し始め、見る見る内に彼の主人である韮崎を握り締めてしまったのである。流石の錬金術師も、かくの如き現象が起ころうとは夢想だもしていなかったので、身を翻す隙がなかった。鉄の指は彼の全身を完全に握りしめ、その握力は刻一刻強まって来るばかりである。

「助けてくれ……」

機械の製作者は機械の力を熟知していた。拋っておけば命のないことを知りすぎる程知っていた。彼は狂人の如く叫び、狂人の如くもがき、錬金術師の体面を忘れて醜態の限りを尽した。

「危いところでしたね」

垂幕をかかげて一人の若い男が入って来た。国民服に巻脚絆、三好曹長と同じ服装である。

「有難う、うまくやってくれたね」

三好曹長はその若者を振り返って微笑した。

「アッ、貴様がスイッチをいじくったんだな」

韮崎がもがきながら呪いの声を振り絞った。鉄の指は旋盤の側にあった配電盤の一つのスイッチによって操作される仕掛けであった。

「その通り。これは僕の同僚だよ。君は、僕がこの悪魔の巣へ一人ぼっちで乗り込んで来たと思っていたのかね。軍人にもその位の用意はある。数人の同僚にこの家の表と裏を固めさせておいたのだ。そして、その内の一人が万一に備えて僕の身辺を離れなかったのだ。君の目をかすめて、絶えず我々のうしろから見張っていてくれたのだ。ハハハハハ、分かったかね」

三好曹長は鉄の指にしめつけられた怪人物の前に立って、謎を解こうとでもするように、暫くその不思議な顔を眺めていたが、やがて同僚を顧みて静かに云った。

「スイッチを切ってやり給え。でないと、大切な間諜容疑者が絞め殺されてしまうからね」

何者

長野県の山中にある五十嵐博士航空機設計所に滞在中の望月憲兵少佐は、東京からの長距離電話によって、怪指紋の主韮崎庄平逮捕の報告を受けた。

少佐が電話を切って自室に帰ると、開け放った扉の向側から、一人の私服憲兵下士官が入って来て敬礼した。

「異状ありませんでした」

「御苦労、引き取ってよろしい」

開け放った扉の向側は五十嵐老博士の病室である。そこには医師と看護婦とが絶えず詰め切っているのだが、それを以て足れりとせず、望月少佐は事件前まで五十嵐博士夫人の寝室であった部屋を占領して、昼も夜も老博士の見張りをつづけているのであった。

別室へ電話を掛けに行くちょっとの間すら、部下の憲兵を代わりに残して見張りをさせるという念の入れ方である。

憲兵が立ち去るのと入れ違いに、老博士の息新一青年が入って来た。

「今の電話は三好さんからですか」隣室の老博士を驚かさぬように低い声で訊ねる。

「そうです。犯人が逮捕されたのです」

これも隣室までは届かぬ囁き声である。

「エッ、犯人が。あの指紋の男ですか。一体何者です」

「警視庁の指紋カードにあったのです。芝区に住んでいる韮崎庄平という人物です。三好の報告によると、こいつが実に奇妙な男ですよ」

「で、自白したのですか」

「イヤ、なかなか自白はしません。しかし、指紋が明瞭に一致している上に、現場不在証明がないのです。あの日にどこにいたかという確証を示すことが出来ないのです」

新一は少佐と向かい合って肘掛椅子に腰をおろし、煙草に火をつけた。少佐は鼠色の背広服、新一はいつもの国民服である。少佐は開け放った扉の向側の五十嵐博士の寝台が見える地位に椅子を据えて、時々その方へ目をやっている。

「そうでしたか。それで、あなたはその男を取り調べるために、東京へお帰りになるのでしょうね」

新一がやはり低い声で訊ねると、少佐は意外な返事をした。

「イヤ、帰らないつもりです」

「エ、お帰りにならないのですって」

「犯人の真偽を確かめるよりも、もっと重大な仕事があるからです。我々の目的は犯人を罰するという事よりも、あなたのお父さんの偉大なる発明を中途で挫折せしめないことです。一刻も早くそれを完成して、敵の本国大空襲を決行するというのが最大の眼目です。それにはお父さんの恢復(かいふく)が何よりも必要です。若(も)しお父さんに万一のことがあれば、この事業は全く挫折してしまうということは、君もよく知っている通りです。だから、私はあくまでお父さんの身辺を守らなければなりません」

「でも、犯人が捉えられたとすれば、その必要がなくなるのではありませんか」

「イヤイヤ、その逆ですよ。犯人が捉えられたからこそ、却ってお父さんの身辺を守らなければならないのです。これは普通の殺人事件ではない、一国の運命を賭けた国際間諜団の陰謀です。一人の犯人を挙げたからといって、それで事件が終わるものではありません。却ってこういう時が一番危険なのですよ」

「アア、そうでした。よく分かりました」

新一は少し顔を赤らめて恥じ入るように云ったが、暫く考えたあとで言葉を続けた。

「例の犯人が持ち去った父の設計ノートは発見されたのでしょうか。そのことの報告はありませんでしたか」

「一応韮崎という男の住居を捜索したそうですが、今の所まだ発見されていないのです。韮崎は盗んだ覚えはないと云い張っているのですからね。それにしても、この韮崎という男は非常な変わりものです。精神病者ではないかと思われるほどです。電話だから詳しいことは聞けなかったが、彼は錬金術師と自称して、地下室に不思議な工場を持っているというのですからね」

少佐は三好曹長からの報告を新一に語り聞かせた。そして、最後に韮崎が自ら造った巨人の鉄の指によって捉えられるに至った顚末をもつけ加えた。

この事があってから丸一日は何事もなく経過した。五十嵐老博士はまだ無意識状態をつづけていたが、上田市から来ている外科病院長の医学博士は、負傷者が漸く絶望状態を脱したという診断を下し、それを人々に告げ知らせた。望月少佐は不必要と思われるまで厳重に老博士の病室を監視しつづけた。そして、何事もなく一夜があけてその翌日の夕方、少佐の予感は的中して、実に異様な出来事が起こったのである。

望月少佐にこの事を告げたのは、設計班の一員南工学博士の妹京子であった。その夕方、京子は下の温泉村に用事があって外出したが、その帰り道、たそがれ時のほの暗い木下道で、新一の姿を見た。新一は何かに憑かれたように道もない茂みの中へ突き進んで行った。夢遊病者のような感じであった。京子はその時のただならぬ様子を、こんな風に語った。

「私が呼びかけようとしますと、新一さんは手を上げて私が物を云うのを制するように見えました。そして、一心に前の方を見つめたまま、道もない茂みの中へ入って行くのです。もう暗くてよくは分かりませんでしたが、新一さんは誰かのあとを追っていたのに違いありません。茂みの奥にガサガサという物音がしていたようです。誰かがそこを這って行ったのです」

「這って行ったのですか」妙な云い方だったので、聞き返すと、京子はハッとしたように脅えた眼をみはった。

「エエ、そのものは茂みの底を這っているように感じられたのです。蛇かなんぞのように」

　新一のあとを追おうか追うまいかと躊躇しているうちに、新一の姿は木下闇の茂みの中へ溶けるように消えて行った。ガサガサという物音もしなくなって、じっとその場にたたずんでいると、何か夢でも見たような異様な感じに打たれた。本当に今のは新一の姿であったのか。それとも山中の逢う魔が時の幻に過ぎなかったのか。京子は判断に迷った。そして何とも知れぬ恐怖に襲われ、あとをも見ずに別荘に逃げ帰ったが、帰って探して見ると、新一はどこにもいる様子がなかった。やっぱり幻ではない、新一は何者かを追って山の中へ入って行ったのだ。そう判断すると京子は直ちに兄南博士にこの事を告げ、兄と共に望月少佐の前に出て、委細を報告したのである。

　その夜から翌日に亘って附近の山中、温泉村一帯の探索が行われた。望月少佐の部下の憲兵達は勿論、設計斑の学者達までも、手分けをして出来る限り探し廻ったが、新一は神隠しにでも会ったように、全く行方が分からなかった。新一が自ら失踪する筈はない。何者かに拐されたとしか考えられぬが、女子供ではあるまいし、大の男がそんなに易々と拐されるのは、ちょっと想像も出来ない不思議な出来事であった。

この異常事に引き続いて、新一が行方不明となった次の日の真夜中に、更らに一層驚くべき事件が起こった。

五十嵐老博士の病室は、その夜は殊更(ことさ)ら厳重に警戒されていた。開け放った扉の次の間には望月少佐が眠り、もう一つの出入口の外の廊下には、一人の憲兵が寝ずの番を勤めていた。病室にはこの二つの扉の他に出入口はない。

患者の寝台の枕下に小卓が置かれ、その上にのせた絹張り傘の電灯が、室内を朧(おぼ)ろに照らしていた。小卓の向側は庭に開いた押上げ窓である。庭に面してはいても、ここは階上なので、長い梯子がなくては外部から侵入することはできない。庭には見張りがあり、又室内には絶えず人目がある。この方面からの攻撃は殆ど不可能と考えられていた。

ところが、敵はその虚をついて意外の一撃を加えたのである。その夜更け、一時を少し過ぎた頃、窓の垂れ幕が風もないのに幽かに揺れて、押上げ窓のガラス戸の下部が僅かに開かれ、そこから黒い手袋をはめた手が、一匹の生物のように、室内に這いこんだのである。

その時室内には患者の外には一人の看護婦がいるばかりであった。しかもその看護

婦は寝台の枕下の椅子に腰かけて、コクリコクリと居眠りをしていた。黒い手は窓と寝台との間にある小卓に伸び、その上を巧みに這い廻って、盆の上の水薬の罎を掴むと、そのまま窓の外へ消えて行ったが、一分もたつかたたぬに、再び黒い手は窓から忍び込んで、薬罎を元の位置に置いた。罎の中身に何ものかが加えられたか、罎そのものがすり換えられたのであろう。曲者は縄梯子を用いたのに相違ない。そして、見張番の目をかすめ、僅々数分間の早業で目的を果たし、いち早く逃走したものであろう。

韮崎庄平ではない。いかな奇術師の彼も、東京と長野県の山中とに、同時に現われることは不可能である。分身の術などというものが現実に行われ得ようとは考えられぬ。別人である。韮崎よりも遥かに実際的な、恐ろしい奴がこの山中をさまよいはじめたのである。

穴居人

その翌日午前十時、五十嵐老博士の逝去が発表せられた。博士夫人は同じ別荘の別室に病臥していたが、まだ高熱が去らず、歩行もむつかしい状態だったので、博士の

臨終には看護婦の助けによって、辛うじて枕頭に侍することが出来たばかりであった。新一は行方不明であり、他に呼び寄せる親戚とてもなく、老博士逝去によって生じた一切の事務は南博士と望月少佐の両人が取りしきってこれに当たった。

博士急逝の原因は殊更らには発表せられなかった。多くの人々は曲者によって負わされた傷所の悪化による逝去であろうと考えていた。本当の死因を知っているのは、主治医の外科病院長と、望月少佐と、南博士の三人だけで、南博士の妹京子や看護婦でさえも、それを打ちあけられてはいなかった。

老博士の遺骸は、上田市から運ばれた棺に納められて、三日の間別荘に置かれていた。云うまでもなく新一の帰宅を待つためである。しかし新一は帰って来なかった。そこで望月少佐と南博士の責任において、簡素な葬儀が取りおこなわれ、五十嵐博士の遺骸は上田市の火葬場の煙となった。

別荘の住人一人として老博士の急逝に涙を流さぬものはなかったが、協働者の学者達、望月少佐をはじめ憲兵隊の人々の歎きは又一入であった。個人の死をいたむというよりは、国家の損失を歎いたのである。戦局を一挙に決せんとする大計画の挫折を悔んだのである。

望月少佐がこのことに関する全責任を一身に負うたのはいうまでもない。では少佐

はこの事件から身を引いたのであるか。決してそうではなかった。逆に少佐はこれまでよりも更らに深く事件の中に身を投じて行ったのである。

木本博士、南博士その他設計班の学者達は、善後策について慎重な協議を行い、陸軍省の指示を待って、この大事業を彼等の手によって継続して行くことを決意した。この超高速航空機の設計については、五十嵐博士でなくては処理し得ない部分が非常に多かったが、それにも拘らず、学者達は万難を排して、五十嵐博士の遺業の完成に邁進することを誓い合った。

五十嵐老博士逝去の日から、慌しい五日間が過ぎ去った。六日目の朝、やっと寸暇を見出した望月少佐は、久し振りで朝食後の山の散歩に出かけた。少佐はその日一応東京に引き上げることになっていたので、別荘附近の山の風景に名残りを惜しむ散策であった。

背広服に鳥打帽、ステッキを振りながら先ず見晴らし台へ登った。ここはかつて五十嵐新一と南京子とが、別荘の煙突から這い出す曲者を発見した場所である。望月少佐もそのことは新一から聞いてよく知っていた。

少佐は見晴らし台の大石に腰をおろして、遙か目の下の温泉村の甍、渓流、それよりはズッと手前の山の中腹の別荘の建物などを眺めた。曲者の這い出したという四角

な煖炉の煙突ははっきり見えているが、今日は何者もそこから這い出すけはいはなかった。

しかし、何かしら予感があった。どことも知れずこの山そのものが、少佐の心を異様に引きつけているように感じられた。少佐は見晴らし台から更らに山上への細道を辿って見ようと考えた。殆ど道とはいえないような道を小半丁も登ると、林が開けて五、六坪の平らな草原に出た。ふと気がつくと足下の草の中に黒いものが落ちていた。

少佐はそれを拾い上げた。万年筆である。落ちてから大して日数がたっているとも見えぬオノト(注4)万年筆である。少佐は新一が胸のポケットにはさんでいたのも確かオノトであったことを思い出した。そして、俄かに緊張した面持になって、あたりを見廻すのであった。数日前新一の捜索が行われた時、人々は別荘よりも下の山中から温泉村にかけての地域を主として探し廻り、別荘よりも上のこの辺は見逃されていたのである。

少佐の鋭い眼は草原の一方の端に注がれた。そこが急な坂になって、土に何かの辷(すべ)ったようなあとがついていたからである。近づいてよく見ると、土の斜面に靴底の一部がハッキリ印せられていることが分かった。

その斜面を降りて、注意深く茂みを分けて進んで行った。そして、道なき道を五、六

分も辿った時、少佐はハッとしたように立ち止まって聴き耳を立てた。何か幽かに音がする。動物の唸り声か、イヤ、人のうめき声のようでもある。少佐はステッキで足下を突き試みながら、注意深く静かに声のする方へ進んで行った。

五、六歩進むと、ステッキの先が固いものに当たって音がした。蹲んで草を分けて見ると、太い松丸太が四、五本、縄で縛って、蓋のように置いてある。耳をすますと、声はその下から響いて来るようだ。丸太の蓋を取りのけると、その下に井戸のような大きな穴が、ポッカリと黒い口を開いていた。

「オイ、そこに誰かいるのか」

怒鳴って見ると、それに答えるように唸り声が高くなった。底は深くて暗いのでよくも見えぬけれど、どうやらその底に人間が倒れている様子だ。

穴の中には直立の梯子が懸っている。少佐はそれを伝って一丈ほどの穴の底へ降り立った。上の入口よりも底は広くなっていて、一間四方ほどもある。四方は土の崩れぬよう頑丈な石垣になっている。

そこに倒れていたのは、想像のごとく五十嵐新一青年であった。グルグル巻きに細引(ほそびき)[注5]で縛られ、手拭の猿轡をはめられて、物もいえず、身動きもできぬ哀れな有様で転がっていた。

少佐は手早く猿轡をとり、細引を解いてやった。だが、新一は起き上がる気力もない。

「望月さん有難う。僕はかならずあなたが助けに来て下さると信じていました。有難う。しかし、父は、父は本当に亡くなったのですか」

その質問には望月少佐の方で一驚を喫した。

「君はどうしてそれを知っているのです」

「僕をここへとじこめた奴がそういいました。恐らくそいつが父を殺したのです」

「それは何者です」

「分かりません。けだものみたいな鬚むじゃの奴です。人間よりも動物に近いような奴です。この穴を住まいにしていたのですからね」

「では、そいつはまたこの穴へ帰ってくるのですか」

「イヤ、もう来ません。一昨日そいつが最後に握り飯と水を持って来てくれた時、もうここへは帰らないといって立ち去りました。その時から僕はまったく絶食しているのです」

「それでは、その男は君を死なないようにここへ監禁して置こうとしたのですね。その理由は、君にはその理由が分かっていますか」

「それは僕にその穴を発見されたからです。僕を別荘に帰しては自分の身が危い。といってあいつは父を亡きものにするという目的を果たすまでは、ここを立ち去ることは出来ない。そこで僕を虜にしておいたのです。別に僕の命を取る必要はなかったのでしょう」

「なるほど、で、君はこの穴を、どうして発見したのですか」

「別荘の下の道であいつを見つけて、ソッと跡をつけたのです。そのことは京子さんが知っている筈です。京子さんと別れてから、僕は道もない茂みの中を、ここまで登ってきたのです。そして、今度は逆に相手に見つけられてしまったのです。あいつは最初から僕が尾行することを知っていて、ここまでおびき寄せたのでしょう。僕たちはずいぶん烈しい取組合をしました。しかしとうていあいつには敵いません。恐ろしく力の強い奴です。猛獣のような奴です」

新一はようやく起き直って穴の底の石壁に背を凭せていた。望月少佐は両手でステッキにすがるようにして、その前に蹲んでいた。二人とも穴を出ることも忘れて慌ただしい会話をつづけていたのである。

「意外な奴が飛び出してきましたね。こいつは韮崎庄平などとはまったく別種の人間らしい。むろん日本人でしょうね」

「日本語を使っていました。しかし本当の日本人かどうかは分かりません。そこまで深く観察することは出来なかったのです」

「で、そいつは韮崎と、例の指紋の男ですね、あの男と何か連絡があると思いますか」

「分かりません。その点については、こちらから尋ねてみても、なんとも答えなかったのです。しかし、無論同類でしょう。目的が同じなのですからね」

それから望月少佐は五十嵐博士逝去のことと遺骸は上田市で荼毘に附し、遺骨は病中の博士夫人に代わって、南京子さんが預かっていることなどを告げ知らせた。

「あなた方に対しても、また国に対しても、まことに申し訳ないと思っています。すべて僕の責任です。しかしこれについては、いつかきっとお詫びする折があると思います。十分お詫びする時がくるだろうと信じています」

少佐は何事か期するところあるものの如く、力強くいうのであった。

「イヤ、僕こそ不甲斐ない始末です。こんなところに虜になってしまって、父の臨終さえ知らなかったのですからね。僕にしては、責任は僕にこそあると考えています。父の霊を慰めなければなりません。父はどんなに無念だったでしょう。それを思うと僕は涙が溢れ出るのです。声を上げて泣きわめいてもまだ足りないように思うのです。僕はきっと復讐してみせます。この間諜団の一味徒党を一人残らず探し出して、

根絶しにし、父の無念をはらさなければなりません」

昂奮と飢餓とのために肉体の正調を失した新一青年は、憑かれたように悲憤の言葉を喋りつづけた。

そこは山中の洞窟の中である。それにけだものに近い人種が穴居生活をしていたのだ。その地の底で新一はとめどもなく歎きと呪いの言葉を吐き散らすのであった。

望月少佐は新一の顔をじっと見つめていた。何か意味ありげに、その白い美しい頬を凝視していた。

薄暗い穴の底のこの異常な光景は、鋭いメスで抉られるような鮮やかなふかい印象を与えた。少佐にとっても、新一青年にとっても、この一瞬間には、何かしら一生涯忘れられないような異様な感銘があった。

かくて、五十嵐老博士の死を境として、事態は一転した。一方には残った学者たちによる老博士の遺業完成への精進があった。

温泉村の別荘には、一種の殺気ともいうべきものが漂いはじめた。国運を賭けた学者たちの精進は、それほど烈しかったのである。そして、この科学者の情熱はついに実を結び得るか否か。

一方には間諜団捜査の大事業があった。その主人公はいうまでもなく望月憲兵少佐である。それについで、五十嵐新一青年の復讐の一念もまた侮(あなど)り難いものがあった。錬金術師韮崎庄平は果たして間諜団の首魁(しゅかい)であったかどうか。新一を捉えたけだもののような穴居人はそもそも何者であったか。イヤイヤそれらの事よりも、この事件全体を覆っている一種幻怪なる雰囲気、不可説の謎、底知れぬ善悪二道の執念、それらの奥には一体何事が、何者が、いかなる秘密が潜んでいたのであろうか。

F3号

大統領ルーズベルトは巨大なる安楽椅子の中で、腹を抱えて笑い入っていた。「エフ、エフ、エフエフエフエフ」と聞こえるしゃっくりのような笑い声が止めどもなくつづいた。

白堊館(ホワイト・ハウス)階上の例の秘密引見室である。もう夜が更けていた。電灯は極度に減光されていた。広い薄暗い室内には大統領の外にたった一人、背の高い男がヒョロリと立っているばかりであった。その男は笑い入っている大統領の安楽椅子の前に、針金のように痩せた長いからだをさもうやうやしげに直立させていた。彼は陸軍省機密局長官オブライエンであった。

オブライエンは今宵はじめてこの大統領私室への単独伺候を許されたのであるが、入って来るがいなや、大統領のこの途方もない笑い声にぶつかって、あっけにとられたのである。

「エフ、エフ、エフ、き、きみ、君は、あのジャップ・キッドという奴を見たことがあるかね。わしはさっき下の広間で、ジャップ・キッドの映画と、腹話術の人形とを見せられたのだよ。エフ、エフ、エフ、実に奇妙じゃ。日本人の猿めがウロウロキョロキョロと醜態をさらしおる。実に抱腹絶倒じゃ。エフ、エフ、エフ、ことにジャップ・キッドの人形は傑作じゃ。腹話術でキイキイと猿のような声を出しおる。あのジェンキンズという腹話術師は実に名人だね。君は見たことがあるかね」

「見ました。ジャップ・キッドの猿芝居は、あらゆる種類のものを見ております」

オブライエンはうやうやしい態度のまま、しかしニッコリともせず、苦虫を嚙みつぶしたような顔で答えた。

「アア、そうだ。こいつは君の方が専門だったね。あのジャップ・キッドを発明したのは、ひょっとしたら君の方の宣伝部じゃないのかね。こいつはいい思いつきだ。あの醜悪な猿めの芝居は、全国の興行街の人気をさらっているというじゃないか。実に傑作だ。これを発案した男には勲章をやってもいいくらいだね」

「閣下、あれを思いついたのは、決して私の部下ではございません。ブロード・ウエイの猿智恵(さるぢえ)興行師が考え出したものです。全く金儲けのために考案せられたものです。閣下、わたくしはあの興行を禁じた方がよいと考えております。ジャップ・キッドの演劇も人形芝居も映画も、一切厳禁すべきだと考えております」

「フフン、君はそう思うのだね。その理由は」

「理由は戦争に悪影響を及ぼすからです。わたくしは日頃から、日本人を猿のように殊更(ことさ)ら醜悪化した漫画や、ジャップを『虫けら(インセクト)』などと呼んで得意がっている新聞、雑誌の記事を見るたびに、実に苦々しいことと思っております。交戦国の人民を軽蔑することは、なるほど痛快には相違ありませんが、古来、相手を頭から軽蔑してかかって勝ち得た戦いはないのであります。ことに日本のごとき一種不可思議なる戦争哲学を持っている強国に対して、アメリカ人全体がそういう軽蔑感を持ってしまっては、由々(ゆゆ)しい大事であります。

「これについては、先日前駐日大使のグルウさんとも話し合ったのでありますが、グルウさんもまったく私と同じ意見でありました。猿のような取るに足らぬ国民だと、相手を呑んでかかるのは結構ですが、そのために前線の軍人が日本人を軽蔑してしまっては大変です。日本の軍隊は決して猿の群ではないからです。

「ヒトラーは『わが闘争』の中でこれを戒めております。陸軍下士官ヒトラーの前大戦における体験です。ドイツの戦時漫画が敵国人を馬鹿にしたようなものばかり描いていたのは誤りである。前線におけるその報いは実に恐るべきものがあった。敵の強力な抵抗にぶつかって、ドイツ兵は国内で聞かされていた軽蔑すべき敵とは、全く違ったものを感じ、この不意打ちに会って気おくれを感じたのである。敵国人軽蔑の国内宣伝は厳に戒めなければならぬと書いております。グルウさんも、このヒトラーの言葉を思い出して、ジャップ・キッド劇の流行を苦々しいことだ、自慰的な独りよがりだといっておりました」

大統領は、この苦言に耳を貸して笑いをやめた。そして、腕組みをした一方の手で顎を撫で廻した。

「なるほど、その点はグルウ君や君のいう通りだ。わたしは国内の士気を盛んにすることばかり考えていた。ジャップ・キッドの見物人の中には、やがて前線に征く軍人が多数まじっているということを忘れていた。君のいうようにジャップ・キッド劇の禁止令を出さなくてはならぬかも知れん。だが、それはいずれゆっくり考えるとして、さし当たって今夜の問題だ。君の報告を聞くことにしよう」

大統領は椅子の中で居住まいを直して、オブライエンの鋼鉄のように痩せた顔を見上げた。

「東京のＦ３号からの通信です」

オブライエンは猫背になって、大統領に顔を近づけ、声を低くした。

「それは聞いている。通信の内容は」

「例の高速度飛行機の設計ノートを盗み出して焼き捨てたのです」

「こちらへ送る手だてはなかったのだね」

「そうです。焼き捨てる外に方法がなかったのです。それから……」

「ウン、それから」

「発明者を天国へ送ったと報じて来ました」

「民間の老科学者だったね」

「そうです。一度刺殺しようとして失敗し、二度目には毒薬で成功したといっております。この男の脳髄と一緒に、高速度飛行機の構造がほうむられたのです。日本の陸軍省が非常な期待をかけて援助していた発明がまったく無に帰したのです。Ｆ３号の大功績です。見方によっては太平洋の島嶼(とうしょ)いくつかを占領したよりも大きな手柄です。Ｆ３号の愛国心に報いるところがなくてはなりません」

「無論、十分の論功行賞をしなければならぬ。差し当たってわたしの名で感謝の意を表しておいて下さい。そういう通報をしておいて下さい。ところで、今夜の君の話はそれだけかね」

「イヤ、まだ外にございます。やはりＦ３号とその同僚の活動に関する御報告です」

「ウン、東京における活動だね」

「そうです。わが駐日宣伝班の功績についてであります。今度の高速度飛行機設計ならびに試作の一件は、特別に重大でありましたために、陸軍長官を通じて閣下のお耳に入れる手続をとった次第でありますが、Ｆ３号の一団のやっております仕事は、無論これだけではありません。小さいことを申しますれば、日本商船の出港日時、航路などをわが潜水艦隊に通報して手柄を立てたことも一度や二度ではありませんが、それよりももっと重要なのは、日本国民を敗戦思想にみちびくための秘密工作です。Ｆ３号からの中継無電通報によりますと、日本国内の食糧事情は相当困難になっております。もっともこれは日本が一面において農業国であるという前提のもとに、農業国にしては随分窮屈（きゅうくつ）な食糧事情になっているというに過ぎないのでありまして、かかる情報をただちに楽観材料とすることは厳に戒めなければなりませんが、日本人としては、農業国であり、食糧問題には自信を持っていただけに、現在の窮屈な状態が相当身にこたえているのであります。これこそわれわれが利用すべき敵の弱点です。この虚に乗じて敗戦思想、厭戦思想を植えつけなければ、ほかにその機会はありません。

「F3号の一団は無論そのことをよく承知しております。彼らは東京ばかりでなく、日本全国の重要都市に触手を伸ばし、あらゆる手段を用いて食糧問題に関する流言を放っております。支那方面で申しますと、上海にはQ三十一号の本拠があり、香港にはQ七号の本拠があり、香港以南の諸都市にはその部下が配置されています。これらのものがF3号と相呼応して流言を製造しているのであります。

「流言は食糧問題ばかりではありません。戦況についても、日本国民の士気を沮喪せしめるためのあらゆる流言が放たれております。つい数週間前、日本領海内において、わがアメリカ艦隊が全滅の悲運に会したという流言が放たれたことがあります。むろん日本国内においてです。これは上海のQ三十一号の創意でありました。そうして一時日本人を有頂天にさせておいて、後にそれが虚報であったと分かり、ガッカリした隙を狙って、厭戦思想を振りまこうという工作です。しかし残念ながらこれは失敗でした。日本政府が時期を失せず明確な言明を発表して流言を粉砕したからです。そういう裏の裏を考えた流言工作すら行っているのであります」

「で、F3号の食糧問題に関する流言の結果はどうだね」

「まだはっきりした結果は分かりません。兎も角食糧問題を根幹として、厭戦思想挑発のあらゆる手を打ちつつあるという報告を受け取っているのであります。

「戦争以来日本に隣組という国民組織ができていることは御承知の通りですが、その隣組は月に一度または二度ぐらい全員が集まってお茶の会のようなものを開くのです。その会では色々な世間話がはずみます。ここに流言の温床があるのです。Ｆ３号の一団も恐らくこの隣組お茶の会に向かって、盛んに流言を注入しているに相違ありません。

「日本は戦争に勝つために隣組の組織を作ったのですが、逆にその隣組お茶の会が流言の温床となり、敗戦思想伝播の役割を勤めるならば、われわれにとってこれほど望ましいことはありません。アメリカ機密局は、したがってＦ３号の一団は、日本の隣組がそういう風にわれわれに好都合な方向に進んで行くことを衷心より希望しているのであります。

「Ｆ３号の触手は軍需工場にも伸びていることは申すまでもありません。日本は今われわれの国の軍需生産力に追いっこうとして、あらゆる手段を講じております。日本中が飛行機工場になっていると申しても過言ではありません。兵隊以外のものは全国民、男子も女子も工員に変わりました。そして一日でも一時間でも早く、わがアメリカの軍需生産量に拮抗しようとしているのです。日本の全国工場化の猛進ぶりは実に恐るべきものがあります。戦線において死を恐れぬ国民は、生産工場においても勇猛心をもって戦っているに違いないのです。われわれは一刻もこのまま放任しておくことはできません。あらゆる手段を講じてこれを妨害しなければなりません。Ｆ３号の使命はそこに在るのです。

「Ｆ３号の一団は、重要軍需工場に触手をのばして、工員の怠業（たいぎょう）を挑発しております。食糧問題をこれに関連せしめ、闇取引の助長をはかり、悪徳を流布して、工員の愛国心、正義心を破壊するために全力を尽くしております」

「で、その成果は」

「やがて報告に接することと思います。Ｆ３号は高速度飛行機設計者を天国に送り、その設計ノートを灰にして、ここに重要任務に一段落を告げたので、本来の思想謀略、生産力破壊謀略に全力を注ぎはじめたのであります。そしてその活動は相当広範囲にわたり、Ｆ３号独特の執拗さで継続せられることと信じます」

「よろしい。それではＦ３号にわたしの名で感謝の意を表するとともに、新しい使命の成功を祈ると伝えてくれ給え」

大統領はそういい終わると、安楽椅子にガックリと身を沈めて、物思わしげに腕組みをした。オブライエン機密局長官は、びっくりして目の前の大統領の顔を見つめた。

その顔は恐ろしいほど変わって見えたのである。平べったい顔面に突如として陰惨なる影を生じ、肉はたるみ、額と頬に幾百本の深い皺がきざまれ、目の下に黒い痣のごときものが現われ、一瞬間前までの闘志満々たる大統領は、たちまちにして気息奄々たる瀕死の老翁と化し去ったのである。

「オブライエン君、君だから遠慮なくいうのだが、わたしはときどきこの戦争の重荷に耐えがたくなる時がある。いま丁度この悪夢が私の上にのしかかって来たのだ。アメリカはいま生産力の絶頂にある。戦線は八方に伸ばせるだけ伸びきっている。一年以前までは敵国日本が感じていた補給戦の困難が、今こそひしひしとわれわれに襲いかかっている。食糧事情の悪化は敵国のことではない。わたし達の身辺にもそれが厳しく迫っている。農業国アメリカの農園は今や刻一刻荒廃しつつある。

「オブライエン君、わたしは大統領だ。だから国の内外の最重要事情については、君たち以上によく知っている。あらゆる機密がわたしの狭い脳髄の中で押し合っている。そして、その重圧がわたしを耐えがたくする時があるのだ。広大なる祖国アメリカの土地と人民と光栄ある歴史とが、この小さなわたしたちの身体を圧しつぶそうとするのだ。

「戦いの勝敗を決するものは、飛行機や戦車や軍艦ではない。わたし達はそういう物の力を信じ過ぎてはいけない。本当の勝敗の要素は国民だ。全国民の気力如何にある。そして、ここにこそ祖国の危機がはらまれているのだ。大衆は戦線の伸びきったこの困難な状態を有頂天になって喜んでいる。ジャップ・キッドの芝居にうつつをぬかしている。そうだ。いかにも君たちのいう通りあの芝居はいけない。本当のわれわれの敵はあんなけちな道化ものではないからだ。

「日本のマツオカ[注6]がヒトラーを訪ねた時、ヒトラーは日本の国体がうらやましいといったそうだが、あれは外交辞令ではない。このわたし自身も同じように感じている。敵国日本の国体が戦争にはもっとも強い国体であることを認めないわけにはゆかぬ。わたしはいつかチャーチルとこのことについて話し合ったが、あの敗けず嫌いのチャーチルすらも、日本の強味はそこにある、それが怖いのだといっていた。それが怖い。オブライエン君、それが怖いのだ。君はわかるかね、それが怖いのだ」

大統領は悪夢にうなされているかのごとく見えた。額の大きな皺の間に、そこの生毛の先に、ビッショリ汗の玉が浮かんでいた。

覆いをかけた薄暗い電灯の光、黒いカーテンをかけつらねた窓々、陰影のおおい広い冷たい部屋、外界の物音はまったく遮断せられ、シーンと静まりかえった大気、その暗く広い部屋のまん中、安楽椅子にうずまった大統領の頭上には、何かしら鬼気のごときものがただよっていた。東洋の神秘の国、そこの神々の怒りが、呪いの煙となって大統領をおおい包んでいるかに感じられた。

瀕死の老翁に変貌せる大統領、夢魔に魘されている大統領、その身辺に揺曳して陰々と耳朶をうつ声なき声、朦朧として視界を横ぎる姿なき姿、鋼鉄のごとき神経の持主オブライエンも、この神秘なる霊的現象には、一種いうべからざる戦慄を感じないではいられなかった。

滝の乙女

ちょうどその時、東半球日本国信濃の国の山中、清々しい山気と朝靄の中に、一つの奇蹟がおこなわれていた。

五十嵐新一は父博士の死後も、温泉村の山荘に踏みとどまって、高速度飛行機設計班の学者たちと起居をともにしていた。科学者でない彼は直接設計の仕事に加わるわけではなかったが母夫人がまだ病床に横わったまま東京に帰ることもできない状態にあったので、一つはそのために山荘の滞在が長引いていたのである。

しかし新一青年の心の底を探って見ると、彼をこの山荘に引きつけているものは、まだその他にもあった。それは南工学博士の妹京子である。五十嵐博士の死後、この清純なる乙女の容貌に一種聖なる窶(やつ)れともいうべき変化が現われて、その身辺にただならぬ気配が感じられた。新一は誰よりも先にこの変化に気づき、それとなく京子の動作に注意を怠らなかったが、ある早朝、彼は遂にその謎を解くことができた。

まだ明け切らぬ朝靄の木立のなかを縫うように、京子の姿が温泉村の谿谷(けいこく)へと急いでいた。山荘の人々は誰も起き出ててはいなかった。新一青年も寝間着のまま、ガラス窓越しに、夢のような京子の姿を垣間見たのである。

果たして京子は人知れず何事かを行っているのだ。新一は手早く衣服をつけて、そのあとを追った。相手に悟られぬよう朝露に裾(すそ)を濡らして尾行した。

京子のおぼろな姿は、林を縫い草を分けて、温泉村の遙か上手(かみて)の谿谷へと降りて行く。谷川のせせらぎは近づくに従ってその音色を高め、遂に滝の音と変わる。木の枝越しに天降(あまくだ)る白い帯が見える。冷たいしぶきが頰に感じられる。

三丈ほどの断崖から、落ちる細い美しい一本の滝、その滝壺の岩の上に、何かしら神々(こうごう)しい白いものの姿がスックと立っている。

新一は声を呑んでそれを見入った。黎明(れいめい)の山気に包まれ、滝しぶきと朝靄に霞んだその姿は、白い浴衣一枚になった京子であった。京子が滝にうたれているのであった。

黒髪はとけて肩に流れ、白衣の長い袂はもつれて肌にまとい、瞑目した白い顔には血の気もなくて、合掌せる手先と、岩をふまえた素足の指にほのかな桃色がただよっていた。

滝つせは黒髪を乱し、肩をうち、白衣の肌を伝い流れ、弾き飛んで、濛々たる水煙となり、神秘なる乙女の姿を神々しくぼかしていた。

水煙の中に色をうしなった唇はかすかに動き、合掌せる手首は烈しく震えて、彼女は一心不乱に何事かを念じているのである。

新一は乙女心の烈しさにうちひしがれて、晩秋の冷気の中に立ちすくんでいた。長い長い間、身動きもせず、息さえ止まる思いで、その神々しいものを見守っていた。手に汗を握り、涙を流し、憑かれたように立ちつくしていた。

どれほどの時がたったのか、ふと夢がさめたようにわれにかえって見ると、すぐ目の前の林の中に、いつの間に着更えたのか、もんぺ姿の京子の現実の姿があった。

新一は木の枝をかき分けて、その傍へ近づいて行った。京子も物音に気づいて振り返った。

「マア、新一さん、とうとうあなたに見られてしまいましたのね」

京子はまだ青ざめた片頰に、ほのかな微笑を浮かべて、静かにいうのであった。

「毎朝、ここへ来るのですか」

「エエ」

「何を祈るためにです」

「お分かりになりませんの」京子は幽かな憤りを見せて、やや烈しく聞き返した。

「分かっているような、分かっていないような」

新一は曖昧な答え方しかできなかった。

「あなたは残念ではありませんの。お父さまはあんな目におあいになり、設計は駄目になり、お国は計ることもできない大きな損害をこうむったのです。男の方はそれをどう考えていらっしゃるのでしょう。なんだか暢気すぎるような気がするのです。わたしはじっとしていられませんでした。でも、女には物を考える力も、事をなしとげる力もありません。ただ祈るばかりです。命を的に祈るばかりです」

京子の烈しい言葉は、滝の音を圧して新一の耳に響き渡った。冷たい水しぶきとともにその声が彼の頬を打った。

「わたしは、五十嵐先生のあとをついで、このむずかしい仕事をなしとげようとしている兄達の念願を、どうかお叶え下さいと祈るのです。あなたがお父さまの敵を見つけて、お国のために仇をお討ちになれますようにと、それから、お可哀そうなあなたのお母さまの御病気が一日も早く治りますようにと祈るのです。

「そして、それらをひっくるめて、帰するところは、この大戦争にお国が勝利を得ますようにと、わたしのこの小さい生命を捧げて祈っているのです」

新一は乙女心の烈しさに鞭うたれる思いで、涙ぐんで京子の気高い顔を見上げた。

「京子さん、有難う。父のことや母のことを祈って下さって有難う。京子さん、今僕がどんな心持でいるか、あなたには到底分かりません。僕はそれを云い表わすことができないのです。今はできないのですが、しかし京子さん、よく覚えておいて下さい。この滝の前で、この林の中で、涙を流している僕を、よく覚えていて下さい。いつかお話しする折があるでしょう。僕の本当の心持をいつか詳しくお話しする折があるでしょう」

新一は真実涙を流していた。なめらかな白い頬をキラキラ光る露の玉が、つぎつぎと辷り落ちて行くのが眺められた。

新一は京子の手をとっていた。二人はまだ明けやらぬ山気の中に、じっと立ちつくしていた。この朝のこの一ととき(ひ)が、二人の運命にとって、どのような深い意味を持つかも知らずして、彼らは銘々の心の中を、静まり行く激情の波頭を静かに眺め入るのであった。

女工員

五十嵐博士変死事件の半月ほどのち、老博士の遺志を継ぐ学者達の研究室は、不吉な××温泉村の別荘を引きはらって、そこから自動車で一時間半の高原地帯にある大和航空機製作所内に移転した。同製作所は、大東亜戦争勃発以来各地に新設せられたこの種の工場のうち、もっとも大規模で優秀なものの一つで、そこの奥まった一棟が、五十嵐博士超高速航空機試作工場に当てられていたのである。

学者達は、それぞれ社宅をあてがわれて、そこから試作工場付属の設計製図室にかよい、以前からそこではたらいていた数十名の製図技手を使用して、設計の仕事をすすめて行くのであった。

五十嵐新一はこの移転を機会に一先ず東京に帰ることになった。その後も病状思わしからぬ母夫人を、いつまでも山中にとどめておくわけには行かなかったからである。しかし、彼は父の遺志をつぐひとびとに深い関心を寄せていたことはいうまでもなく、帰京後もなんとか都合をつけて、しばしばこの工場をおとずれていたのである。

望月憲兵少佐も東京に引き上げた。無論犯人の捜査を断念したわけではない。むしろその捜査を徹底的におこなわんがためにこそ東京に帰ったのである。

少佐がどの方向に捜査の探針を動かしているかは誰も知らなかったが、帰京後の少佐が、その時間の大部分をこの事件のために費していたことは間違いなかった。

　南京子は兄博士のそばを離れなかった。彼女は一行とともに大和航空機製作所にうつり、兄博士を説き伏せて、そこの女工員となった。付近の村々からあつまった娘さんたちにまじって、油まみれになって、工作機械にとりついている。

「やがて兄さん達の研究が完成して、試作機の製作が始まったら、わたし、その試作工場に廻してもらいます。そしてわたしの手で五十嵐先生の飛行機を造るのです。ニューヨークやワシントンを爆撃する飛行機を造るのです」

　京子は身をもって兄博士の精進をうながしたのである。

移転後一カ月が経過した。その間、表面においてはこれという出来事もなかった。南博士達の仕事は遅々として進まなかった。五十嵐博士をうしない、その設計ノートまでも盗み去られた設計班は、羅針盤をうしなった船のごときものであった。正しい進路を採って急速に船を進めることは殆ど不可能といってもよかった。

　ある日、五十嵐新一が工場を訪れた。人々が彼を歓迎したことはいうまでもない。仲間だけの晩餐会が開かれたりした。新一は数日滞在の予定であった。彼は到着の翌日、昼食後の休みの時間を、京子と二人だけで、裏山の林の中に過した。

葉の落ちつくした雑木林に、暖い陽光の降り注ぐ小春日和であった。二人はよく乾いた深い落葉を踏みながら、肩を並べて歩いた。

「僕はいつもびっくりさせられます。あなたはその手で僕の父の飛行機を造ろうとしているのですね。敵の都を爆撃する飛行機に、あなたの魂を封じこめて置こうというのですね」

京子は新一の讃美に応えて目を伏せた。

「わたし、そうしないではいられませんでしたの。たとえお父さまのお考えになったようなすぐれた飛行機でなくても、普通の爆撃機や戦闘機にしても、日本の女は誰でもわたしと同じことを考えるだろうと思いますわ。その一部分にでも自分の指を触れておきたい、魂を封じておきたいと考えないではいられないと思いますわ。今わたしと一緒に働いている、この近くの村の娘さん達も、みんなそういっています。こうしてわたし達が手を触れ、魂をこめ、汗を流して造った飛行機に、空の勇士がお乗りになって、地球のどこかの空で、敵の飛行機と一騎討ちをなさることを考えると、娘さん達は胸がドキドキするっていうんです。

「怖いような、嬉しいような、神々しいような、何ともいえない気持なんです。みんな憑かれたようになっているんです。こんなにはたらきたい気持になったことは、生まれてから一度も無かったというんです。みんな本当に一生懸命なんです」

京子は涙ぐんでいた。しばらく言葉が途絶え、サクサクと落葉を踏む音ばかりが耳立ったが、やがて彼女はふと何か重大なことを思い出した様子で、真剣な表情になって話し出した。

「この前、滝にうたれているところを、あなたに見られてしまいましたわね。残念なことにあれは七日しか続けられませんでした、こちらへ移ることになったものですから。でも、その七日の間に、わたし、色々なことを見たり聞いたりしましたのよ。

「滝にうたれて一心になって祈っていますと、初めは寒くって、痛くって、本当に苦しいのですけれど、しばらくすると、その苦しさが分からなくなってしまうんです。そして鳥の声が美しく聞こえて来るのです。不思議なことに、神通力でも授かったように、色々なことが見えたり聞こえたりして来るのです。

「新一さん、わたし、あの滝の下で、あなたのお父さまとも度々お会いしましたのよ」

「エッ、父とですって」

「エエ、お父さまの魂とお会いしたのかも知れません。でも、わたしには、お父さまは生きていらっしゃるとしか考えられませんでした。お父さまは、拳を握りしめて、悪人め悪人めと誰かをお呪いになって、飛行機はきっと完成させて見せる、完成させないでおくものか、と何度も何度もくり返しておっしゃったのです。

「それから、わたし、望月さんがどういうお方であるかということが、あすこにいる間にハッキリ分かって来ました。あの方は、わたしがそれまで考えていたよりも、ズッと奥深くて、偉い方です。わたし達の知らないことを非常にたくさん御存じなのです。あの方はきっと犯人を探し出して、あなたのために復讐して下さるに違いありません。わたしにはそれがよく分かるのです」

「ウン、それは僕も信じている。僕は出来る限り、あの人のお手伝いをする決心でいるのですよ。しかし、今のところ状態は悪くなるばかりです。君はまだ聞いていないでしょうね、韮崎という被疑者が獄中で変死したことを」

「アラ、そんなことがありましたの」

京子はびっくりして立ち止まった。

「むろんあいつは敵の中の一人に過ぎない。外にまだ私を洞窟におしこめたけだものみたいな奴だとか、そのほかにも同類があるらしい。望月少佐は今度の事件を、大規模な敵国間諜団の仕業といっていたくらいです。しかし、我々が捕え得たのは、今のところ韮崎一人なのです。そのたった一人の大切な韮崎が、何も自白しない前に、毒を飲んでしまったのです。

「彼がその毒物をどうして手に入れたかは不明です。どこかに隠して持っていたのかも知れません。あるいは彼の自白を恐れる同類が、外部から何らかの手段で毒の入った飲食物を与えて殺したのかも知れません。僕はどうもあとの考えかたの方が本当らしく思われるのです。実に恐るべき相手ですよ」

「マア、何ということでしょう、あいつらはあなたのお父さまをあんな目に合わせ、大切なノートを盗み、その上たった一人の被疑者を殺してしまいましたのね。あいつらはこれで完全に目的を果したというわけですのね。

「新一さん、わたしは滝にうたれている間に、悪者たちのひそひそ話をハッキリこの耳で聞きましたのよ。わたし、顔を見ることは出来ませんでした。みんな西洋の泥棒のように覆面をしていたからです。場所もどこだかよく分かりません。暗い地下室のような感じでした。暗くてよく分からなかったけれど、そこに、覆面の奴が五、六人もあつまって、ひそひそ相談をしていたのです」

京子は立ち止まって、目を細くして、どことも知れぬ空間を見つめながら、声を低めて、異様なことを語りはじめた。彼女には何かしら神秘な霊媒とでもいうような特殊の感覚が備わっているのではないかと思われたのである。

「覆面の男達は外国語で喋っていましたが、不思議にもわたしにはその意味がよく分かりました。男達は日本の主だった飛行機工場に爆弾を持ち込んで、重要施設を破壊することを相談しました。種々様々の流言蜚語（ひご）を放つことを打ち合わせました。イエ、そればかりではありません。もっと恐ろしいことがあるのです。その内の首領らしい覆面の男が重々しい口調でこんなことを云ったのです。

「アメリカ合衆国の空軍部隊は、おそくも三カ月以内に、日本本土の大空襲を決行する。空襲は雨天または曇天（どんてん）の夜間を期し、敵戦闘機の襲撃を避けるため、雲の上の高空より爆撃をおこなう予定である。

「その際、東京、大阪、名古屋三都市の重要施設の所在を、密かに電波によって上空に信号し、爆撃の目標をあたえるのが我々の任務なのだ。我々はその光栄の日を一日千秋の思いで待ち構えているのだというのです。東京にも名古屋にも大阪にも、そういう電波発信装置が、もうちゃんと用意されているというのです。首領はそれを実行する場合の手筈について詳しい指示を与えたのです。

「新一さん、これは夢ではありません。わたしはそれを信じているのです。ですから、なんとかしてそれまでにこの間諜共を残らず捕えなければなりません。望月さんにこのことをあなたからお伝えして頂きたいのです。京子がそれを見たんだとお伝えして頂きたいのです。

「わたしは以前から、もっといろいろなことを見たり聞いたりしているのです。それが皆ほんとうだったのです。わたし、あなたのお父さまにああいうことが起こるのを知って居りました。わたしの耳に誰かがそれをたびたびささやいたのです。でも、それをあなたにお知らせすることは出来ませんでした。そんなことは云えなかったのです。わたし、独りで心配して居りましたの」

「あなたは不思議な人ですね。小さい時からそういうことがあったんですってね。あなたの兄さんがいっていました。予言者みたいな奴だって」

二人は又ゆっくり歩き出していた。黙って足下を見ながら歩いた。落葉が足の下でカサカサと鳴った。一つの意味を持った大気のようなものが、二人を包んで、だんだんその密度を増して行くように感じられた。新一は永い躊躇のあとで、やっとそのことを口にした。

「京子さん、僕はさっき兄さんとあなたのことを話し合って来たのですよ。兄さんはかならずしも不賛成ではないような口ぶりでした。僕は実はそのことを話すために、わざわざやって来たんです」

京子は顔を上げないで、足下を見たまま歩いていた。歩調は少しも乱れなかった。しかし俯向いた顔が真赤になっているのを隠すことは出来なかった。

「僕は東京の母のところにいても、そのことの外は考えられなかったのです。もうじっとしていられなくなったのです。あなたに逢って、それをお話ししないではいられなくなったのです。不思議なことに、いつか滝にうたれているあなたを見た時から、僕のこの感情は一層烈しくなったのです。僕はあなたを尊敬したのです。敬慕したのです。むろんあなたもそれはお分かりになっているでしょう」

「エエ、わたし……」

京子はやはり顔を上げないで幽かに答えた。耳たぶが、火のように燃えていた。

「京子さん、あなたの本当の気持を聞かせて下さい。僕はそれを聞く為にやって来たのです」

新一はそういって立ち止まった。京子も歩くのをやめた。二人はいつの間にか相向かい合って立っていた。京子は上気した顔を上げて、非常な努力をして新一の目を見た。二人はむさぼるようにお互いの目を見つめ合った。

京子は口を利けなかった。しかし、その目がすべてを語っていた。二人は十分お互いの感情を了解することが出来た。その感情の波は共鳴作用によって、見る見る振幅を増し、あたりの大気をブルブルと震わせ、果ては怒濤（どとう）のごとき力をもって二人を圧倒し去るのであった。

二人は手をとって、向かい合って、幼児のように、そこに立ちつくしていた。感動の涙が胸の底から流れて来るように感じられた。京子の目からは美しい液体が頰を伝ってとめどもなく流れた。

爆弾

それから二日のち、五十嵐新一の工場滞在中に、京子の霊感を確証するような一事件が突発した。

新一は設計班の人々の仕事の進捗を見守りながら、ふたたび妨害者の現われることを警戒し、若しそういうきざしがあれば、それを未然に防ぐとともに、父博士殺害犯人を発見し、復讐することを使命としていた。それ故、彼は工場滞在中も、設計室や試作工場ばかりでなく、場内全体にわたって、探偵のような隠密の巡回を繰りかえし、八方に注意の目をくばっていたのである。

その夕方、彼が新鋭偵察機組立工場の大きな建物の裏を歩いていると、仕事着姿の京子とバッタリ出会った。実は京子の方で彼を探していたのであった。

「新一さん、わたし今妙なものを見ましたの。この組立工場の中です。この中には誰も居りません。組み立ての終わった偵察機が幾つか置いてあるばかりです。丁度仕事の合間なのです。わたし、職長さんに頼まれた用事があって、今そこへ入ったのです。すると偵察機の蔭に妙な男が蹲(うずくま)っていました。わたしが入って行ったのでびっくりして隠れたのです。ここの工員が何か悪さをしていたのではないかとも思いましたが、どうもそうではないのです。外から入って来たのに違いありません」

京子は息遣いせわしく囁くのであった。

「まだいるのですか」

新一は目で建物を示して囁き返した。

「エエ、いるかも知れません」

新一は京子をそこに残して、建物の表に廻り、その中へ入って行った。

巨大なる双発偵察機が一機、二機、三機、古代の怪獣のごとく押し黙って、銀色の翼を拡げていた。見上げる天井のガラス窓には、夕日の赤い色が映っているが、建物全体はもう寺院の本堂のように薄暗くなっていた。

新一は足音を忍ばせて、巨大な機体の下を歩いて行った。シーンと静まり返っている。眼界全体が靄のような夕闇に包まれている。寒気がひしひしと身に迫る。

「誰だッ」

彼は突然、立ち止まって身構えをして怒鳴りつけた。偵察機の車輪の蔭に光っている二つの目に気づいたからである。

相手はサッと車輪の向こう側に身を隠した。そしてコトコトと機体のあちらへ立ち去ってゆく足音。

「待てッ」

新一は機体をもぐって、音のする方角に突進した。

夕闇の中に国民服を着た大きな男の後ろ姿が見える。男はヒョイと振り返って、追手が意外に近いのに驚いたらしく、矢庭（やにわ）に走り出して、建物の外に逃げた。新一は猟犬のようにそのあとを追った。

建物を出て裏手に廻った時、追いつめられた男がクルリとこちらに向き直った。そして物をもいわず新一に組みついてきた。烈しい格闘が始まった。相手は恐ろしい大男である。腕力では新一に勝ち目はないように見えた。不幸にしてあたりに人影もなく、新一は単身この強敵と戦うほかはなかった。

南京子が工場の事務所に急を告げて、守衛や工員たちと一緒に元の場所へ引き返してみると、そこにはもう曲者の姿はなくて、新一が打ちのめされたように倒れていた。

服は引きちぎれ、土にまみれ、顔一面に血が流れていた。

京子は驚いて駈けより、新一の上半身を抱き起こそうとした。

「イヤ、大丈夫。それより早くあいつを捕えて下さい。あちらだ。あちらへ逃げたのです」

新一は苦痛をこらえて途切れ途切れに叫んだ。

人々は京子だけをその場に残して、指し示された方角へ駈け出して行った。

「京子さん、あなたは事務所へ行って、技師長さんを呼んで来て下さい。医者はそのあとでもいいのですよ。なあに、大したことはありませんよ」

京子はいわれるままに走り去ったが、ややあって技師長と医務室の主任医師とを伴って引き返してきた。

「技師長さん。スパイです。恐ろしい奴です。工場内の全員にこのことを知らせて下さい。見つけ次第引とらえるように。それから、もっと重大なことがあります。奴は時限爆弾を持ち込んだらしいのです。僕はこの組立工場のなかで一つ見つけました。擬革の小型スーツケースです。むろん、もっと重要な場所にも仕掛けてあるにちがいありません。工場の隅から隅まで探させて下さい。全工員を動員して捜索させて下さい」

新一はそれをいってしまうとガックリと倒れた。医師が駈け寄って、顔面の傷の手当を始めた。京子はその側に付き添って甲斐甲斐しく看護婦の役目を勤めた。

「京子さん」

新一が彼女の手を握って目を開いた。

「エ、何ですの」

「あいつです。ホラ、あなた覚えているでしょう。僕らがまだ温泉村の山にいた頃、僕を山の上の洞穴へとじこめた奴、草の中を蛇のように這っていたとあなたがいった、あの男です。あいつが又この工場へ忍び込んだのです」

新一は医師の手当を受けながら、睡（ねむ）いような声で、途切れ途切れに云った。

「マア、そうでしたの」

京子は一昨日、裏山で新一に語った彼女の幻覚の一つが、既にして的中したことを知って、ふるえ戦（おのの）いた。

やがて新一は医務室のベッドに運ばれ、本格の手当を受けることとなった。南博士をはじめ設計班の学者達が次々と病室を見舞った。京子は職長の許しを得て、工場を休み、新一の枕頭（まくらもと）を離れなかった。

結局、曲者は捉え得なかった。技師長は新一の言葉どおり、工場内の全員をして捜索に当たらせたけれども、遂にそれらしい人物を発見することが出来なかった。付近の村々、乗合自動車の停車場等にも人を派して調べたが、何の手掛りも摑むことが出来なかった。

小型スーツケースに仕掛けた時限爆弾は、工場内のもっとも重要なる三カ所の建物において発見せられた。その爆弾は時計を使用し、最小容積に最大の爆発力を納めた極めて巧妙な仕掛けのものであった。

爆発時間はいずれも深夜であり、三つのうちの二つまでは、爆発と同時に火災を誘発するような場所に隠してあった。もし新一がこのことを気付かなかったならば、大和航空機製作所は一夜にして灰燼(かいじん)に帰していたかも知れないのである。その功績、まことに顕著と云わなければならない。

「イヤ、それは僕ではありません。南京子さんです。あの人が曲者を発見して、ソッと僕に教えてくれなかったら、とても事を未然に防ぐことは出来なかったのです。京子さんにお礼をおっしゃって下さい」

工場長が病室を見舞って、感謝の意を表した時、新一はそういって、傍らの京子を赤面させたのである。

世紀の怪物

事件の翌日の午後おそく、望月憲兵少佐が新一の病室を見舞った。時限爆弾騒ぎの報告を受けて、調査のために東京から駈けつけたのである。

バラック建ての簡素な病室、木製寝台の上に、頭から顎にかけてグルグルと繃帯を巻いた新一青年が横たわり、その枕元には南京子が看護婦に代わって付き添っていた。

「そのまま、そのまま。ひどい目に会いましたね」

起き上がろうとする新一を、手真似で止めながら、背広姿の望月少佐は、京子の直す椅子に腰をおろした。

「ナアニ、大したことはないのです。ホンのかすり傷ですよ。医者が今日一日は寝ている方がいいというものですから、こうしているのですが、本当に何でもないのです。しかし残念なことをしました。相手を組み伏せたのですがね。奴が何時の間にかジャックナイフをひろげて、逆手に持っていたのを気づかなかったのです」

新一は元気に喋った。

「どこをやられたのです」

「右の眉の上です。三針ほど縫ったばかりですよ」

「そうですか。それぐらいで済んだのは仕合わせでした。今工場長と技師長に会って、昨日のことは一と通り聞いたのですが、曲者はいつか××温泉村の山の洞穴に隠れていた奴と同一人だというじゃありませんか」

「そうです。確かにあいつでした。けだもののような大男です。今度も又逃げられてしまいました。実に申し訳ないと思っています」

新一は目を伏せて、さも口惜しそうに声を低めた。

「イヤ、申し訳ないどころか、大手柄ですよ。工場の爆破を未然に防いだのですからね。工場では君と京子さんに非常な感謝をしておる。工場ばかりではない。国としてもあなた方に感謝しなければなりません。この新鋭工場が暫くでも機能を停止すれば、戦局に重大な影響を及ぼすわけですからね」

「それはそうかも知れませんが、相手はいつ又攻撃を加えて来るかも知れません。禍の根元を絶つことが出来なかったのを、実に残念に思うのです。韮崎が不思議な自殺をとげた今、この曲者を取り逃がしてしまっては、我々の手には何一つ残らなくなるのですからね。僕としては父の仇を討つ見込みが一応絶えてしまったわけですからね」

「イヤ、そのことについては……君のお父さんの仇を討つということについては、わたしも一半（いっぱん）の責任を持っている。お父さんが亡くなられて以来、わたしは随分苦労をした。そして、事件の真相に向かって、歩一歩研究を進めているつもりです。何も握っていないのではない。握っているものが余りに大きく、余りに奇怪なので、それに圧倒せられ、持て余しているぐらいです。韮崎だとか今度の男などは物の影に過ぎない。そういう影を写すところの本体が別にあるのです。信じ難い程の巨大なる実在が、それらの影の奥に在るのです」

望月少佐は謎のような異様な物の云い方をした。それを聞くと繃帯に包まれた新一の顔にほのかな赤味がさした。

「おっしゃる意味が僕にはよく分かりませんが、あなたは何か重大な事実を握っておいでになるのですね。間諜団の組織とか、その首領とかについて、何か発見なさっているのですね」

新一ばかりでなく、枕元に付き添う京子も目を光らせ、緊張した面持で望月少佐を見つめるのであった。

「そうです。推理の環（わ）をその真相に向かって、だんだん狭く絞っているのです。そして、そこに現われて来る事実に驚倒しているのです。決して形容ではありません。本当に心の底から驚いているのです。

これは、単純な探偵というような仕事ではない。歴史の研究です。私の研究は今嘉永(かえい)の昔に遡(さかのぼ)っている。アメリカ東印度(ひがしインド)艦隊司令長官ペリーが四隻の軍艦を率いて浦賀(うらが)に来航した当時に遡っている。この事件の裏にはそういう歴史的秘密が隠れているのです。そこに驚くべき悪魔の陰謀があるのです」

少佐の言葉はいよいよ奇怪であった。しかも彼はそこでプッツリ言葉を切って、じっと聴き手の顔を眺めた。新一の方でも少佐の顔を穴のあくほど見つめていた。二人とも物を云わなかった。たっぷり一分間、そうして睨み合っていた。やがて少佐が沈黙を破った。

「怪物だ。韮崎という男も、今度の曲者も怪物に相違いないが、その奥に隠れている奴は、百倍も恐ろしい怪物だ。世紀の怪物。そうだ、百年に一度やっと現われるか現われない程の、驚くべき怪物だ」

少佐はそう云って、又プッツリと黙り込んでしまった。新一も京子も少佐を見つめたまま、金縛りにあったように身動きもしなかった。夕暮迫る灰色の窓の外に、何かしらえたいの知れぬ巨大な幻影が漂い蠢くかに感じられた。

「世紀の怪物か。そうですね、望月さん、こいつは世紀の怪物ですね」

長い沈黙のあとで、新一は何か朗詠（ろうえい）でもするような口調で云った。

「望月さん、僕はこいつに復讐しなければなりません。それを誓います。もう一度ここでそれを誓います」

繃帯の中に見える頬が恐ろしく青ざめ、目は赤く血走っていた。新一はそのまま又長い間天井を見つめて黙っていたが、やがて何か非常に重大な事柄に気づいた様子で、突然、寝台から起き上がりそうにした。

「望月さん、僕は今妙なことを思い出しました。妙なことです。あの時は怪我をして、血が目に流れ込んで、何も見なかったように考えていたのですが、今、そうでなかったことが分かりました。僕は見ていたのです。あいつが逃げて行く後姿を、この目の隅で見ていたのです」

「ウン、それで……」

望月少佐は深い興味をもって、とりつかれたように口走る新一の顔を眺めた。

「奴は逃げてはならない方角へ逃げたのです。袋小路へ逃げたのです。その方角には建物が建ち並び、その中に無数の人の目があったのです。その人の目をくらますことに全く不可能です。では、奴は元に戻って別の道を取ったか。イヤ、戻らなかった。僕は失われて行く意識の隅で、非常に不思議な感じがしていたのです。

奴はそこを突破することは出来なかった。又戻りもしなかった。つまり奴はそこで消えてしまったのです。おかしい。人間が気体となって蒸発した筈はない」

新一は独言のように語尾を弱めて、しきりに考えはじめた。難解な謎を解こうとする人のように、目を空ろにして、心の中を見つめるように、呻吟していたが、暫くすると、彼の両眼が火花のように輝いた。

「アッ、そうかも知れんぞ。京子さん、急いで技師長さんを呼んでくれませんか。僕は妙なことを思いついたのです。それを確かめて見たいのです」

京子は不安らしく新一の顔を眺め、その目を望月少佐に移して、少佐の意嚮を確かめようとした。新一の突飛な言動を、発熱による譫言ではないかと疑ったのである。少佐は幽かに肯いて、新一の言うままにする方がよいという意味を示したので、京子は直ちに病室を出て行った。

「感心な娘さんですね」

望月少佐が京子の後ろ姿を見送って、意味ありげな微笑を浮べた。

「そうです。感心というだけでは足りません」

新一はこういう機会を待ち兼ねていたかのように、一種異様の情熱をこめて云うのであった。

「あの人の神々しい純情を見ていると、僕は怖くなります。後光に射すくめられるような気がするのです。そして、妙ですね、僕はこの僕の右腕を鉈か何かで斬り落としてしまいたいような衝動を感じるのですよ」

新一はギリギリと歯ぎしりを噛んで、烈しい息遣いでそんなことを云ったかと思うと、その次には、何がおかしいのか、ゲラゲラと笑い出した。

「ハハハハハハ、この腕を、鉈でもって、ハハハハハハ」

望月少佐は別に驚いた様子もなく、微笑を含んで、じっと新一の顔を見ていた。そして、二人の間に妙に融和しない気拙い空気が漂いはじめた時、ドアが開いて遠藤技師長が入って来た。カーキ色の仕事服を着た、黒い短い口髭のある四十五、六歳の好男子である。

「遠藤さん、曲者はあの時第二工場と第三工場の間へ逃げ込んだのです。あすこには今でも見張りが立っているのでしょうね」

新一は何の前置きもなく、性急に訊ねた。

「見張り。アア、見張りはずっと立ててあります。あの辺は一番危ない場所ですからね」

技師長は望月少佐に目礼して、面喰らったように答えた。

「すると、曲者は逃げ出す機会を失ったかも知れない。遠藤さん、見張員から何も報告はなかったのでしょうね。怪しい奴を見つけたというような」

「そういうことはなかったようです。今もそこを通りかかって、見張りの者と話をして来たのですが。昨夜から何の異状もないということでした」

「そうですか。それじゃ行って見る値打ちがありそうです。望月さん、無駄足を踏むつもりで御同行下さいませんか。僕は何だか曲者がまだそこにいるような気がするのです」

新一は又しても意表外のことを口走り、もう寝台の上に起き直っていた。そして、京子が止めるのも聞かず、ノコノコと部屋の隅に行って靴を穿いてしまった。

一同はこの負傷者の物にとりつかれたような所業に圧倒された形で、茫然と眺めていた。

「望月さん、さア行って見ましょう。懐中電灯はここにあります」

そこの椅子の上に置いてあった国民服の上衣を着て、ポケットから筒型懐中電灯を取り出して見せるのであった。

望月少佐は絶えず微笑を含んで、新一青年の唐突な所業を見守っていたが、彼が病室を飛び出して行くのを見ると、別にそれを止めるでもなく、大股に彼のあとを追って行った。

横穴待避壕（よこあなたいひごう）

頭部と顔面の大部分を白い繃帯でつつんだ新一青年の異様な姿が、問題の第二、第三工場の中間の細長い空地に現われた。彼は一直線にその空地の行き止まりに向かってすすんでゆく。一間ほどうしろから、望月少佐が大股に歩いてゆく。そして、その六、七間あとに、遠藤技師長と京子とが不安らしく従っている。

空地の行き止まりは三間ほどの高さの崖になっていて、その崖の下部にトンネルのような入口がポッカリ開いている。横穴待避壕である。

新一は無言のままその穴の中へ突きすすんで行く。望月少佐も足を早めてそれにつづく。横穴は二間ほどで右に折れている。そこを曲がるとまったくの暗闇となった。新一はパッと懐中電灯を点じた。丸い光が黒い壁を這って、奥へ奥へとすすむ。

新一は足音を盗むようにして歩いている。少佐もそれに倣（なら）っている。二人ともまったくの無言である。

間もなく壕の行き止まりに達した。怪しい人の姿などはどこにも見当たらぬ。しかし新一は何か期するところがあるもののように、懐中電灯を振り照らして地上を探し廻っていたが、やがて何を発見したのか、いきなりそこに蹲って、手を土の中に入れた。

望月少佐はそれを見て、事の次第を察し、直ちに新一の側に寄って手助けをした。そして二人力を合わせて、半ば土に埋もれていた二尺四方ほどの厚い鉄板をはがすように取りのぞいた。

予想に違わず、その下に丸い竪穴（たてあな）の口が開いていた。二人は下からの射撃を避けるために身を躱（かわ）しながら、サッと懐中電灯の光を穴の中に投じた。

すると、そこに、一間あまりの竪穴の底に、土蜘蛛（つちぐも）のような穴居人が蹲っていた。あの××温泉村の山の中にいた穴居人と同じ人物である。又しても穴の中、穴居はこの怪人物の習性となっていたのである。

この竪穴は決して今掘られたものではない。時限爆弾持ち込み以前から、曲者の隠れ場所として、密かに用意されていたものであろう。彼は新一と格闘の後、誤って袋小路に逃げ込み、一時はこの穴に身を隠したが、その後の見張りが厳重なため、遂に逃げ出す機会を失ったものであろう。

穴居人は不意を突かれて、懐中電灯の光の中に、みじめに蹲っていた。光を恐れる暗闇の生物ででもあるように、両手の肘で顔を庇ってその隙間から、醜い皺を寄せた額と、しかめた眉と、陰険な細い目とで、まぶしそうに穴の入口を見上げていた。

欧米人でないことは明らかであったが、しかし恐らく日本人でもないであろう。日本人の中にこのような穴居の習性を持つけだものがいる筈はないからである。

「上がって来い。俺は東京の憲兵隊のものだ。分かったか。もう観念して上がって来い。でないと、この穴がお前の墓場になるんだぞ」

望月少佐は底力のある低い声で穴居人に呼びかけたが、相手は陰険な表情を少しも動かさないで、黙りこくっていた。

「オイ、聞こえないのか。お前、日本語が分からんのか」

相手は身動きもしなかった。

少佐はもう無駄な口を利かなかった。ポケットに用意していた小型ピストルを取り出し、引金に指をかけて、新一の持つ懐中電灯の光の中にニュッと突き出し、穴居人に狙いを定めた。相手は明らかにそれを見た。しかし動かなかった。

「上がって来い。一から十まで数える間猶予してやる。分かったか」

そして少佐は、一、二、三、とゆっくり数えはじめた。だが、相手はふてぶてしく押し黙ったまま微動だもしなかった。

七、八、九、十、……数え終わると同時に、引金が引かれた。穴居人の頭の上の土が飛び散って、パラパラと彼の顔にかかった。

ここに至って怪人物はやっと御輿（みこし）をあげるように見えた。彼は狭い穴の中にヌッと立ち上がった。そして非常にノロノロした動作で、用心深い大蜘蛛のように、地上に這い上がって来た。少佐と新一とは、男の手を左右から捉えて、穴の外に引き出し、そのまま手を離さず壕の入口へと向かった。三人とも全く無言であった。曲者も別に抵抗する様子はなかった。揺れながら洞窟の地上を照らす懐中電灯の円光、そのうしろから黙々として進む三個の黒影。

ところが、そうして十歩も進んだかと思う時、突如として、又もや意外な異変が起こった。両方から引き立てている手の中で、穴居人の身体が、俄かに力を失い、海鼠（なまこ）のようにクナクナとくずおれて行ったのである。引き起こしても引き起こしても、立ち上がる力も歩く力もなく、相手は最早人間ではなく、非常に重い一個の物体と化したかと感じられた。

「オイ、どうしたんだ」

懐中電灯が穴居人の醜い顔を照らし出した。口はだらしなく開いたままであった。両眼はうつろになって空を見つめ、微動もしなかった。その顔は死人の顔であった。

「死んでいる」

「自殺したのじゃありませんか」

二人は重い死体を抱えて、ようやくにして待避壕の入口に達した。そこには技師長と京子と数名の守衛や工員が群がっていた。

「どうしたんですか、その男は」遠藤技師長が驚きの叫び声を立てて近づいて来た。

少佐と新一青年とは、曲者をそこに横たえて、脈と呼吸を調べたが、男はまったく息絶えていることが分かった。

「北川（きたがわ）先生を呼んで下さい。誰か医務室へ走って下さい」

新一の声に応じて、一人の守衛と京子とが医務室の方向に走り去ったが、ほどもなく北川医師が駈けつけて来た。

医師は死体の側に跪（ひざまず）き、先（ま）ず目と口を調べた後、人々に手伝わせて死体の上衣を脱がせ、胸、背、腕などを順次検診して行った。

「オヤッ、これは何だ」

医師は独言のように呟いて、死体の左の二の腕の青ざめた肉をつまみ上げた。そこにポッツリ赤い斑点があった。

一滴の血がにじみ出していたのである。医師はハンカチで、丁寧にその血を拭き取って、しばらくそこの皮膚を凝視していたが、ふたたび独言のように呟いた。

「注射針の痕だ」

新一青年はそれを聞くと、何か思い当たることがあるらしく、懐中電灯を点じて、待避壕の中へ入って行ったが、暫くすると、土にまみれた小さな注射器を右手につまんで引き返して来た。

「これが落ちていました。まだ中に薬が残っています。お調べになれば、どういう毒薬か、じきお分かりになるでしょう」そう云って、注射器を北川医師に手渡すのであった。

それから曲者の死体は医務室に運び込まれ、望月少佐は電話をもって名古屋憲兵隊と長野県警察部とにこのことを報じた。そして翌日午前には検事と警察部長の臨検があり、一方名古屋憲兵隊からは外事班員、鑑識班員等の臨検があり、曲者の死因は揮発性有機毒の皮下注射によるものと判定せられた。即ち犯人は逮捕の危険が迫った場合はこれによって自決する覚悟をもって、日頃から毒物と小型注射器とを用意していたのである。けだものの如き穴居人に、この科学的準備があったことは、一応意外の感じを与えたが、彼は決して無智蒙昧（むちもうまい）のけだものではなく、時限爆弾を極めて的確有効な箇所に設置した手際から察しても、見かけによらぬ頭脳を持った男であることは明らかであった。

犯人の身元は全く不明であった。着衣持物などからも何の手掛りも発見されなかった。そういう点にも、犯人は日頃から極めて綿密な注意を払っていたことが判明したばかりである。

その夜、望月少佐の宿泊している工場職員倶楽部の建物の日本座敷を、南工学博士と新一青年とが訪ねて、三人鼎坐して、事件について何かと語り合った。

「間諜団は自殺を申し合わせているらしいですね。もし彼らを間諜団の団員とすればですよ。韮崎という容疑者も獄中で自殺をとげ、又この身元不詳の男も自殺しました。彼らの決意は相当なものですね。恐るべき相手です。彼らの背後にもし間諜団の首領というような奴がいるとすれば、こいつは容易な人物ではありませんね」

南工学博士は望月少佐の意見を読み取ろうとでもするかのように、相手の目の中を覗きながら云うのであった。

「おっしゃる通り、そいつは容易な人物ではありません。この間、新一君にも云ったのですが、事件の蔭に身を潜めている奴は、百年に一度ぐらいしかこの世に現われて来ないような、実に特異な人物です。いわば世紀の怪物ですね」

望月少佐は又しても「世紀の怪物」という言葉を使った。すると事件の蔭の人物、間諜団の首領の存在が既にして推定せられ、少佐はその人物の性格までも知悉しているのであろうか。

「それに、なんですね、今までわれわれの前に姿を現わした二人の奴は、揃いも揃って非常な変わり者ですね。こいつらも確かに怪物ですよ。韮崎は錬金術師だったし、今度の男は穴居人です。二人ともどこかしら常識を逸脱したところがある。一歩誤れば気違いになるような人間です。イヤ、奴らはもうとっくに気が違っていたのかも知れませんね」

新一が彼らしい観察を下した。

「そうです。その点もこの事件の一つの大きな特徴です。それから、あなた方はこういうことに気がつきませんか。韮崎も今度の男も、あまりに易々と自決をした。少しもねばりがなく、思い切りがよすぎるという点です。僕は何だか魂のない傀儡のように感じられるのですよ。自分の意志ではなく、何か他の強力な意力によって動かされている、全くその支配下にあって、ただ機械的に動いているという感じがするのです。そういう意味で僕はこの二人の憐れむべき人物の死因は、自殺ではなくて他殺だと考えるのですよ。その下手人は云うまでもなく、例の世紀の怪物ですよ」

望月少佐は謎のような幽かな微笑を浮かべて、南博士と新一の顔をジロジロと見比べるのであった。

敵機来襲

大和航空機製作所爆破未遂事件があってから一カ月余りは、少なくとも表面においてはこれという出来事もなく経過した。その間にも、大東亜戦争の戦局はいよいよ危急を告げつつあった。味方は鞏固(きょうこ)なる内線作戦に満を持し、敵は大東亜共栄圏中断と日本本土空襲を目ざして、めくら滅法の前進をつづけていた。

敵の醜き触手は非常の速度をもって法外に伸び来(きた)った。伸びるにつれて触手の根元は糸のように細まり、今にも折れるかと危ぶまれたが、その危険を無視して、脆弱(ぜいじゃく)な触手はいよいよ伸び、従っていよいよ脆弱性を増しつつあった。

味方は満を持して放たず、敵は遮二無二突き進んで腰が伸び切っている状態を国民はよく知っていた。伸び切った敵の焦慮がいつ東京空襲となって現われるかも知れぬという情況をも十分覚悟していた。

軍官民共に敵機来襲にたいする一切の準備をととのえた。市街の到るところに広大な防火空地帯を設けるために、大規模な家屋破壊がおこなわれ、それらの家屋の居住者は素より、広く都民の人口疎開が実施せられ、国民学校児童の集団疎開も決行せられた。都民の家庭には必ず一個以上の防空待避壕が掘られ、そのほか都内の空地という空地、大道路という大道路には、大小無数の待避壕が、都民の手によって掘鑿せられた。全都の各町内ごとに数個の大貯水池が設けられ、消火用の水が満々と湛えられた。都民は今や万端の用意を終わって、敵機の飛来を静かに待ち構えていたのである。

×月×日、午前一時、けたたましいサイレンの音が都民の夢をやぶった。警戒警報である。帝都防衛の任務をもつ各飛行場の飛行隊員はただちにその持場についた。照空灯、高射砲は敵機おそしと待ち構えた。全都の警察官、消防隊員、警防団員はそれぞれその持場を守り、隣組防空群員は防空服に身をかため、あらゆる防空準備を完了して各自の家庭に待機した。

午前二時三十分、悲痛なるサイレンの断続音が鳴り渡り、空襲警報を伝えた。同時に帝都から一切の灯火が消え失せた。方十里の大市街に線香ほどの火光も残ってはいなかった。日頃の訓練が見事にその成果を示したのである。

軍官民のあらゆる防空監視員は耳と目ばかりになって空を見つめていた。息づまる三十分が経過した頃、都民は都心より南方の空に照空灯の一斉放射を見、高射砲の轟きを耳にした。警防団の防空監視所からは、一点七点斑打の「敵機来襲」の半鐘がけたたましく鳴り響いた。

闇の空を掻き廻す巨大な白銀の延棒(のべぼう)、幾十条の照空灯の光芒(こうぼう)は、やがて上空の一点に集中し、敵機の姿を白熱の焦点にとらえた。四発の大型爆撃機である。名にし負う「超空の要塞」。その白熱の焦点より闇の大空を覆いつくし、八方に拡がる何千尺の白銀の光芒、下界の大市街には一点の火光も絶え果てた方十里の大空に、時ならぬ人工の大後光が、銀色の蜘蛛手(くもで)の極光が、壮麗の限りを尽くして輝き渡ったのである。

しかしながら都民はこの空の壮観に見とれているわけには行かなかった。工場、事業場、家庭の待避壕は全都民を収容しつくし、人々は鉄兜の下に目と耳を圧えながら、落下弾との戦闘のために、そこを飛び出す時期を今やおそしと待ち構えていた。

大空の壮観を眺め得るものは、軍官民の防空監視員のみであった。白銀の極光は彼らの頭上を、白熱せる敵機の飛行するにつれて、それを中心として天体のごとく雄大に移動しつつあった。

この雄大なる光芒の移動がある距離に達すると、行手の闇に幾本かの白銀の延棒が出現して敵機に焦点を合わせ、新たなる極光が構成せられる頃には、従前の幾光芒は既にして後続の新敵機をその中心に捉え、大空に二重の蜘蛛手を張っていた。かようにして照空灯が新たなる敵機を捉えるごとに、偉大なる空の光の網目は、三重となり四重となり、おのおのその中心に四発大型敵機を激怒の白熱につつみながら、壮絶なる空の持ち送りをつづけて行った。

全都は今や敵の投弾と、味方の高射砲と、敵機味方機入り乱れての爆音と、名状しがたき大音響につつまれていた。待避壕内に耳と目を圧えている都民にも、これらの恐るべき音波はひしひしと感じられ、爆弾による地響きは、大地震のごとく待避壕そのものを揺り動かし、怒濤にもてあそばれる小舟に乗っているのではないかと怪しまれるばかりであった。

地上には一点の火光もなく、敵機の見得るものは照空灯の光源のみ、しかもその八方よりの照射に乗組員は目もくらみ、爆撃の的を見極める余裕などあろうはずもなく、敵弾はことごとく盲爆、その多くは海中または郊外の田園地帯に落下したが、しかし市街地を破壊せるものも決して僅少ではなかった。重要施設、重要工場の被害は案外少なかったけれども、民家盲爆による負傷者は数百名におよび、死者また少なからず、火炎は都内の数カ所に起こった。

軍官の各種機関はもちろん、民防空の警防団、隣組防空群は、これらの被害にたいし沈着勇敢に戦った。家庭婦女子の中には爆撃の衝動によって失神状態におちいったものも少なくはなかったが、大多数の都民は男子も女子も、訓練と同様に活動することができた。負傷者の救護、焼夷弾の消火、復旧工作等いずれも見事におこなわれた。落下焼夷弾の八割は勇敢なる婦女子の初期防火作業によって、大事に至らぬ前に消し止めることができた。火災となったものも百戸以上の延焼は一カ所もなく鎮火せしめ得た。これは家屋疎開による防火空地帯と、都内無数の貯水池と、警防団に配置せられたガソリンポンプとが大いに物をいったのである。

この防衛戦にもっとも大きな働きをしたものは味方の戦闘機隊であった。敵大型爆撃機は大陸奥地の大飛行場三カ所から合計五十余機がいわゆる波状攻撃の態勢をとり、つぎつぎと東京爆撃に向かったのであるが、その一部は既にして大陸上空において味方戦闘機の発見するところとなり、機を失せぬ攻撃により内七機を撃墜、撃破したのを手はじめに、日本海本土周辺において九機、本土上空に侵入したる後六機、東京周辺において三機を撃墜し、あるいは不時着せしめ、敵機が東京上空に達した時には早くもその過半数を失っていたのである。

しかし残るところ二十数機とはいえ、名にし負う「超空の要塞」である。長距離攻撃のため投下弾積載量ははなはだしく制限されてはいたが、しかもなお各機優に一噸余の爆弾、焼夷弾を抱いていたのである。それが午前三時から四時三十分までの一時間半に亘って、つぎつぎと帝都上空を襲い、黎明視界がやや明らかとなるやいよいよその猛威を振い、二、三重要施設の被害を見るに至ったのである。

東京上空では味方戦闘機の攻撃は活潑におこなわれた。帝都の防空監視員たちは、照空灯の大光芒集中する白熱の焦点において、巨大なる敵機の周囲を燕のように縦横無尽に飛びまわる味方機の果敢な姿をながめ、手に汗をにぎったのである。高射砲弾によって傷つき、郊外田園地帯に不時着せるもの二機、味方戦闘機の体当たりによって墜落撃破せるもの三機、内一機は市街地に墜落し火災を生じたが、他の二機は何ら被害なき空地において爆破したのであった。

黎明が照空灯の照射を不要とするに至るや、敵の爆撃視野も明るくなったが、一方味方の攻撃にも有利となり、高射砲、戦闘機の威力はいよいよ発揮せられ、敵機の巨体は翼のマークをあざやかに見せながら、無残な錐揉み状態となり、大空に黒い煙の筋を引いて墜落してゆくのがまざまざと眺められた。かくて黎明後の獲物、高射砲による撃墜一、戦闘機による墜落三を数えたのである。

さらに敵の帰路には幾多の関門において、味方の攻撃が待ちかまえていた。残り少なの敵機は航路もしどろもどろに大陸基地へと逃げ帰るのであったが、その途中、大陸上空において日本戦闘機の邀撃に出会い、各所において合計十余機をうしない、辛くも基地に辿りついたものは、哀れ数機に過ぎなかった。かくてこの戦闘は敵の大惨敗に終わったのである。

敵が自慢の大型爆撃機は、わが本土と大陸の到る所にその巨大なる醜骸を曝し、乗組員は不時着して捕虜となった十数名の外は大部分無残の死をとげたが、中には墜落寸前機体を飛び出し落下傘によって降下したものも数名あり、それらの敵は各所において警察官、警防団員と勇敢なる隣組員の協力によって拿捕せられた。

ある地方では、女子青年団員が竹槍をもって降下兵を包囲し、敵が拳銃で撃ちつくすのを待って、女ばかりの手でついにこれを捕えたという、おどろくべき事例もあった。東京都内においても警防団員、隣組員の武勇伝は到るところに喧伝せられ、国民大衆の頼もしき底力を立証したのであった。

しかしながらあらゆる武勇伝を超えて国民絶讃の的となり、全都民の涙を絞らしめ、孫子の末までの語り草となって残ったものは、帝都の空に散華した体当たり戦闘機の諸勇士であった。

都民は目のあたりそれを見たのである。自爆、体当たりなどの事例はしばしば耳にしていたが、それを今、わが頭上に目撃したのである。照空灯の光芒の中心、白熱の敵大型機に向かって、銀色の燕のごとき戦闘機が、みずから一個の砲弾となって、その脇腹に突入して行った光景は、目撃した者の脳裏に焼きついて、永遠に忘れがたき印象を残した。それは悲壮といわんより、一種痛烈なる美しさであった。神のごとき美しさであった。

聖女

アメリカ国民の残虐性は、東洋人の理解を超えるものがあった。彼らは海上においてはかならず病院船を攻撃し、陸上の爆撃においてはかならず病院に投弾し、国民学校の児童に機銃掃射をあびせた。かくして彼らは傷つけるもの、病めるもの、何ら戦意無きものを虐殺して快哉を叫び、鬼畜の歓声をあげるのである。

今回の空襲においても彼らは病院に爆弾を投ずることを忘れなかった。わが戦闘機に追われて逃げ廻りながらも、山の手にある×大学病院の白い建物を見逃さなかった。

同病院の建物の一部は、二百五十キロ爆弾の直撃を受けて跡形もなく破壊され、数十名の患者と看護婦は重傷を負い、十数名は即死し、残余の患者にたいしては無残なる心理的衝撃をあたえて、病院全体を名状すべからざる混乱におとしいれたのである。

丁度その時、この病院には故五十嵐東三博士夫人が入院していた。夫人は持病の腎臓疾患が悪化して、二週間前からこの病院の一室に呻吟していた。一人息の新一が絶えずそこを見舞っていたのはいうまでもないが、南京子も愛人の母病篤（あつ）しと聞き、大和航空機製作所女工員の勤めをしばらく休んで、この病院に泊まり込み、博士未亡人の看病に当たっていたのである。

×大学病院に爆弾が投下されたのは午前四時ごろであった。同病院の屋上には、巨大な赤十字が二つまでペンキで記してあった。病院内の者は誰もこの建物が爆撃目標となろうとは考えていなかった。しかし万一の場合をおもんぱかって患者の大部分は地下室に移され、警戒警報によって駈けつけた当番の医員たちは、付近の罹災者（りさいしゃ）救護に当たるため万端の準備を完了していた。そこへ、突如として百雷一時に落つるがごとき大音響と激震をともなって、二百五十キロ爆弾が落下したのである。既に夜の白々あけ、屋上の大赤十字が敵の目に入らなかったはずはない。敵は十分それと知りながら投弾したのである。赤十字は鬼畜空魔の大好物であった。

病院建物の一翼が、その中に若干の医師と看護婦と患者とを包んだまま、跡形もなく吹き飛んでしまった。さらにその爆風と破片は残った建物をも無残に傷つけた。ガラスというガラスはことごとく粉微塵（こなみじん）となり、扉は倒れ、家具什器（じゅうき）は破壊され、目もあてられぬ惨状を呈した。

地下室に収容せられた患者の一部も爆弾によって死傷したが、何ら肉体的傷害を受けなかったとはいえ、心理上の大衝撃によって俄かに病勢悪化した患者も少なくはなかった。五十嵐博士未亡人もそういう不幸な患者の一人であった。

五十嵐新一は毎日母の病床を見舞うことにしていたが、空襲の当日は、深夜警戒警報のサイレンを聞くと同時に、病院に駈けつけ母の枕頭(ちんとう)に侍していた。そして、そこで深夜から朝までの間に、あらゆる激情を味わったのである。

南京子は付添看護婦とともに、未亡人を真の母のごとく看病した。その純情と献身とは当の未亡人を泣かしめ、新一青年に深い感動を与えた。空襲の夜、京子の働きはことに目醒ましく、驚異と賞讃の的となった。

白衣の看護婦群の中にあって、京子の紺飛白のモンペ姿はあざやかに際立って見えた。彼女は空襲警報とともに、地下室への患者の収容をはじめ万般の防空準備に率先して立ち働いた。はじめは看護婦のうしろについて働き、中ほどは看護婦と同列になって働き、最後にはその先頭に立ち彼女らの指導者のごとき立場において活動した。きわめて自然のうちにこの転換がおこなわれたのである。

彼女は美しい一個の英雄として病院内のあらゆる人々の渇仰(かつごう)するところとなった。

看護婦たちは彼女の垂範（すいはん）に学び、彼女の指図にしたがって、いつとも知らず彼女を指導者として遇していた。若く、かよわい一少女の比類なき熱情と勇気とが、彼女の望むと否とにかかわらず、かくのごとき情熱を醸（かも）し出だしたのである。紺飛白のモンペにつつまれた京子の肉体は、不幸なる患者への同情と、赤十字を標的として爆撃した醜敵にたいする憤怒と、愛国の熱情とに燃え上がっていた。美しい頬は紅潮し、澄み切った目は殉教者のごとくにかがやき、生死を超えた決意は彼女を何かしら人間以上のものにすら見せたのである。

新一は彼女に代わって母の枕頭に侍しながら、これを目撃し感動にふるえていた。愛人京子の神々しい献身と英雄的行動に魂の底からゆすぶられ、ハラハラと涙を流していた。

午前四時二十分、ようやくにして敵機は去り、やがて空襲警報解除となったが、病院の混雑はその頃から更らに一層激しさを加えたといってもよかった。

地下室の天井には爆撃によって大穴があき、コンクリートの破片、木片（きぎれ）、砂埃（すなぼこり）などの散乱した中に、患者はベッドもなく、幕の上に毛布を敷いた応急の病床に、ところ狭く横たわり、その枕元に付添人、看護婦などがうずくまるという有様、電灯線は切断され、天井の大穴からの明かりを利用するか、それの出来ない場所はほの暗い蠟燭（ろうそく）

によって用を弁じている。

通路もなく押し並んだ患者の間を、ヒョコヒョコと飛ぶようにして、医員、看護婦が右往左往している。危篤患者の処置に急ぐのである。

五十嵐博士未亡人もその危篤患者の一人であった。彼女は薄い毛布の上にグッタリと横わったまま、もう口を利く力もないように見えた。迫った小刻みの息遣いに肩と胸とが苦しげに揺れている。時々薄目を開こうとするが、その目はもう瞳が上ずって白眼ばかりと見える。

医員は彼女の脈を取りながら、静かに衰え切った顔を見つめている。新一と京子は両方からその顔を覗き込むようにして、冷たいコンクリートの床に坐り、涙を流していた。ことに京子の美しい頬には透明な液体が河のように伝い流れ、ポタポタと膝にしたたり落ちていた。

瀕死の患者の容貌に異様の変化が現われた。彼女の暗い蔭の多い苦痛の表情が、突如として引きゆるみ、何かしら神々しいものに変わったように見えた。それと同時に彼女の瞼から泉のように涙が溢れ出すのが見えた。そして、乾いた色のない唇が物いいたげに、しきりとわななくのであった。

医員はその意味を察して、新一に目配せをした。新一は母の顔に顔を近づけ、耳を彼女の口の前に持って行った。

患者の力ない手がわずかに動いて、新一の肩を抱こうとするように見えた。そして、彼女の口は新一の耳に何事か一心に囁きつづけるのであった。

新一は全神経を一方の耳に集めて、聴き取りにくい母の言葉を聞こうとした。聞くにしたがって彼の表情は緊張してゆく。瀕死の患者は今はの際に、何事か非常に重大なことをわが子の耳に囁くかに見えた。

新一は母の言葉に答えることができなかった。その言葉の終わる頃には、母の声は力なくかすれて行って、ついに声なき声となり、彼女の心臓は鼓動を止めていたからである。

医員は目を閉じて、幽かに肯いて見せた。終焉の合図であった。京子はそれと知るや夫人の胸に顔を埋めて咽び泣いた。新一は土のように青ざめた顔で、じっと目の前の空間を見据えながら、声を呑んだ。

十分間、二人は何事を為し、何事を考える力もなく、そこに坐ったまま身動きもしなかったが、医員の立ち去る物音に、新一はハッと目醒めたように死者の顔を眺めた。そこには医員の手によって白布が被せられてあった。薄い白布を通して、亡き人の面影がまざまざと浮かび上っていた。

新一はソッと立ち上がって、患者の間を縫いながら、人なき片隅へ歩いて行った。大穴のあいた天井の下、コンクリートの破片や木片などの無残に散乱した一隅に佇んで、うしろを振り返った。そこに京子の涙で洗われた美しい顔があった。彼女も何とはなく新一のあとにつづいてここまで来たのである。

新一はそこに転がっている大きなコンクリートの破片に腰をおろした。そして、しばらくうなだれていたが、やがて、何を考えたのかヒョイと顔を上げたかと思うと、血走った目で自分の左の手の平を見つめた。そして、その手の平を側のコンクリートの破片の上にのせ、右手でその辺に落ち散っている小さなコンクリートの塊を拾い上げると、いきなり、烈しい勢いで左の手の指を叩きつけた。

パッと飛び散る血しぶき。

「アッ」という京子の叫び声。

新一は血まみれの左手を右手で握りしめて、その指の間からポタリポタリと赤い液体を垂らしながら、青ざめた顔、色のない唇で、気違いのように笑っていた。

「マア、どうなすったの。大変ですわ。早くお医者さまに……」

縋りつく京子を軽く突きのけて、新一はまだ笑いつづけていた。そして途切れ途切れにこんなことを口走るのであった。

「京子さん、今僕がどんなことを考えているか。この頭の中にどんな複雑な思想があるか、あなたが分かってくれたらなあ。イヤ、とてもとても、あなたには分からない。わかるはずがない」

「でも、どうしてあんなひどいことをなさったの、御自分の手を」

京子はいたいたしそうに新一の手首を、滴(したた)り落ちる血潮を、見つめている。

「こうしないではいられなかったのです。心の痛みを忘れるために、肉体を苦しめるのです。そうすれば心がいくらか楽になるからです」

新一は京子を鋭く見つめながら、悲痛な声でいうのであった。

「お察ししますわ。お母さまがこんな目にお会いになったのですものね。お父さまは敵国の間諜のためにああいう御最期をおとげになり、今またお母さまが、敵の爆弾によって命をお縮めになったのですものね。あなたのお心持がどんなだか、わたしよく分かりますわ。新一さん、わたし本当に……」

いいさして京子は新一の身体に取り縋り、烈しく泣き入るのであった。

「京子さん、有難う。でも、それが僕の苦しみの全部ではありません。あなたには到底わかって貰えないのです。あなたにさえもです。ほかに誰一人分かってくれる人はありません。京子さん、母だけがそれを知っていたのです。僕は母とこの苦しみを分け合って来たのです。そして、その母とも永遠の別れをつげなければならなかったのです」

新一は血の滴る拳を上下に烈しく打ち振りながら、声を絞った。

「さいぜん、お母さまがあなたに何かおっしゃった、あのことなんですの」

「そうです。京子さん、いつかあなたにお話しする時があると思います。恐ろしいことです。心臓の血が凍ってしまうほど恐ろしいことです。アア、あなたにこれが分かったらなあ。しかし、しかし、今はいえません。いうことができないのです。決していうことが出来ないのです」

新一はそういって、色のない唇をわなわなと震わせるのであった。

二重の地下室

五十嵐新一が敵機の盲爆によってその母を失ってから又一カ月余りが過ぎ去った。その間、表面にはこれという出来事もなかったけれど、敵国間諜団の捜査については、憲兵隊は勿論、父と母との二重の仇討を念願する新一青年も亦あらゆる努力をつづけておったのである。

ある夜のこと、目黒区の望月少佐の住居へ新一から電話がかかって来た。少佐と新一とは二十日以上も顔を合わせていなかったところへ、実に突然の電話だったのである。しかもその用件は、「非常に重大な報告をもたらして今直ぐお伺いする」というのであった。

暫くすると、いつもの国民服姿の新一が望月邸を訪れ、人を遠ざけて少佐と密談をとげた。その報告が如何に重大な事柄であったかは、これを聴いた望月少佐のその後の行動によって十分推察することができた。

少佐はあわただしく自ら電話口に立って、諸方に電話をかけた上、夜中にもかかわらず憲兵隊の自動車を呼んで、新一と同車して、憲兵隊司令部に急行したのである。

あらかじめ電話によって所要の人員が召集されていたので、司令部での用件は二十分にして終わり、二台の大型自動車が、司令部の通用門を静かに辷り出した。望月少佐と五名の部下が残らず国民服を着用して二台の自動車に分乗し、新一は案内役として、前の車に乗っていた。

目的地は世田谷区××町の淋しい屋敷町であった。一同はその二町ほど手前に車を待たせて、新一を先頭にその家まで歩いた。檜（ひのき）の生垣に囲まれた平家（ひらや）の日本建（にほんだて）で、低い石門に気取った板の扉が閉まって、その五、六間奥にガラスの格子戸（こうしど）がぼんやり見えていた。

新一は望月少佐に何かささやいておいて、門の扉を開き格子戸に近づくと、柱の電鈴の釦(ボタン)を三度、妙な調子をつけて押した。少佐以下六名の国民服は、門内の闇にじっとたたずんで、何事か起こるのを待ち構えているように見えた。

格子戸に大きな人の影が映って、それがソッと開かれると、新一はいきなり中へ入って行ったが、突然何か異様な物音がして、目まぐるしく人の影がもつれたかと思うと、一人の大男が右手で目を圧(おさ)えて、ヨロヨロと格子戸の外へよろめき出た。その男も国民服を着ていたが、新一ではない。この家の住人である。

それを見ると、闇の中に待機していた国民服の内の三人が、左右から大男に飛びついて、そこに圧(お)し倒し、たちまち手足を縛り上げ、猿轡をかませてしまった。この三人が望月少佐の部下の憲兵であることはいうまでもない。

新一は玄関を上がって奥へ進んで行った。まるで我家のようにこの家の様子に通じているらしい。縛った大男は玄関の柱にくくりつけておいて、人々は新一のあとに従った。二間ほど奥にもう一人国民服の男がいた。その男は薄暗い電灯の下で押入れの板戸に凭れて坐っていたが、突然目の前の襖(ふすま)が開かれたので、びっくりして立ち上がったが、立ち上がって一、二歩前に進んだかと思うと、飛び込んで来た新一のために、したたか頰を打たれて、そこに転がっていた。そして憲兵によって忽ち縛り上げられてしまった。

「ごらんなさい。ここに非常ベルがある。こいつはこれを押すひまがなかったのですよ。だから地下にいる奴はまだ何も知らないのです。もっともこのベルを押したところで、今夜はどこへも通じないのですがね」

押入れの敷居から短い紐が出て、その先に電鈴の押釦がついていた。新一はそれを指し示してそんなことを云った。「どこへも通じない」というのは、恐らく前もって切断しておいたという意味であろう。

新一は更らに奥へ踏み込んで、奥庭に面する広い縁側でもう一人の国民服の男を縛り上げた上、また元の押入れの部屋に戻って、その板戸を開いた。押入れの中には品物が入れてあるわけではなく、床板が露出していて、そこに四角な穴があり、地下への階段が見えていた。非常に立派なコンクリート造りの床下式待避壕である。現在はどこの家にもかならず一つ以上の待避壕があるのだから、この怪しい家の地下室も人の疑惑を招く心配はなかった。

新一は非常に用心深く、しかし極めて素早く地下室への階段を降りて行った。憲兵たちもそれにつづいたが、彼らが真暗な地下室の床に達するか達しないに、新一はまたもや一人の男を組み敷いていた。望月少佐の懐中電灯がそれを照らし出すと、二人の憲兵が組み敷かれている男に飛びついて行って、先に捕縛した三人にしたのと同じ処置をとった。すなわち手足を縛り猿轡をかませたのである。

新一の大胆不敵にしてしかも寸毫の錯誤なき活動は望月少佐を驚嘆せしめた。彼はこの怪屋の構造を誦んじ、どこにどんな見張りがいるかを、掌を指すがごとく知り尽くしていた。

地下室は予想したよりも遙かに広く、十分四畳半ほどの面積があったが、懐中電灯で隅々を照らして見ても、今縛り上げた男の外には全く人の気配はなかった。では、今夜の捕物はこれでお仕舞いなのであろうか。今までの四人が、この怪屋の住人の全部なのであろうか。イヤ、どうもそうではないらしい。その証拠には新一の態度がいよいよ真剣味を加え、彼の身辺に息づまるような緊張が感じられたのである。

新一は望月少佐に懐中電灯の光を地下室の一方の隅に向けるように合図をしておいて、その隅にしゃがむと、コンクリートの壁の床から五、六寸の個所に指をかけて何かした。すると、そこに隠し戸があって、スルスルと開き、一尺四方ほどの壁の窪みが現われた。新一はその中に手を入れて、ラジオのレシーバーのようなものを取り出し、それを少佐の方にさし出して、身振りで耳に当てることを勧めた。少佐は帽子をとり、レシーバーを両耳に固定させた。

次に新一はその隅のコンクリートの床の或る個所に指をかけて、栓でも抜くように引っ張った。すると、丸いコンクリートの蓋がとれて、そのあとに径一寸ほどの小さな穴が開いた。彼は手真似で少佐にそこを覗いて見よと勧めた。少佐はいわれるままに、半ば腹這いになって、その覗き穴に目を近づけた。

望月少佐はそのことを出発に先立って新一から聞いていたのであるが、現実に覗き穴を覗き、レシーバーによって床下からの声を聴き取るにおよんで、悪人共の計画の周到巧緻（こうち）に一驚を喫しないではいられなかった。待避壕と見せかけた地下室の下に更らに二重の地下室があり、その広さも第一の地下室に比べて二倍ほどであることが分かった。覗き穴は漏斗型に先が開いていて、第二の地下室の全景を一望に収め得るように出来ていた。

そこには白木のテーブルを囲んで六人の男が椅子にかけているのが斜上から眺められた。テーブルの上に大きな傘のある電灯がおかれ、その薄暗い光線が人々を照らし出していた。上から見るのでその容貌は十分には分からなかったが六人の内四人までは黄色人種、あとの二人はどうやら欧米人との混血児らしく感じられた。服装は申し合わせたように一様の国民服である。

六人の者は額を集めて何かしきりと話し合っていた。云うまでもなく間諜団の秘密会議である。会話は凡て英語で行われていたが、それがレシーバーを通じて、望月少佐の耳に手に取るように聞こえて来る。あとで聞くと、このレシーバーは、仲間の者が第一の地下室で番兵を勤めながら、第二の地下室の会議の模様を知るためのものであって、壁の窪みの中には、別に電話機も備えられ、上から下へ話しかけることも出来るようになっていた。見張りの男は本来なればこの電話で下の仲間に危急を告げるべきであったのが、新一の攻撃が余りに不意であり素早かったので、そのひまがなかったのである。

十分間ほど辛抱強く聴いていると、話の中途からではあったが、これは敵国間諜団の非常に重要な会合であることが分かった。六人は全国の各地方から集まった者共で、日本本土に潜伏する間諜団の全体会議ともいうべきものであることが推察された。

十分間の密談の内にすら、関西の二つの大軍需工場の爆破陰謀が含まれていた。また敵機のわが本土空襲に相呼応して思想攪乱(かくらん)を行うべき密謀の一端が語られた。二人の混血児の内の一人は、もし今後故五十嵐博士の発明のごとき新兵器の考案が現われたならば、如何なる手段を講じてもその完成を不可能ならしめるのだと、昂然(こうぜん)として叫んだ。その口吻（くちぶり）よりするも、五十嵐博士殺害の陰謀が彼等の一味によって行われたことは疑いの余地がないのであった。

新一はその時少佐の肩を圧して合図をした。敵に悟られない先に、もう攻撃を開始すべきであるという意味を伝えたのである。

少佐はレシーバーを頭からはずして立ち上がった。新一は床の別の一隅にある隠し戸を静かに開いた。下からほの暗い光線が四角な降り口とコンクリートの階段とを照らし出した。あらかじめ打ち合わせておいた順序に従って、少佐は腰の拳銃を取り出し、先頭に立って第二の地下室への階段を降りて行った。五人の憲兵がそれにつづく。新一は最後まで隠し戸の上に残っていた。

少佐が拳銃を構えて階段の中ほどまで降りた時、六人の怪人物は一斉に立ち上がり、十二の眼が少佐を凝視した。そして、六人の右手が揃って腰のポケットに行き、六挺のピストルが取り出され、六つの筒口が少佐の胸を狙った。

しかし少佐は少しも躊躇せず、しっかりとした足どりで静かに階段を降りて行った。この豪胆極まる行動が数秒間六人の者共を畏縮（いしゅく）せしめたかに見えたが、結局、六挺のピストルの引金は引かれたのである。だが不思議なことにカチ、カチ、カチという音がしたばかりで、弾丸は一つも発射されなかった。望月少佐はそのとき階段を降り尽くして、六人の悪漢共の目の前に悠然と立っていた。擦り傷一つ受けないで、微笑さえしながら。

六人の者共の顔にサッと狼狽の色が浮かんだが、彼等は更らに二度三度、無駄に引金を引き、空しくカチカチという音をさせた後、腹立たしげにピストルを床に投げ捨てた。同時に悪漢共の中から突拍子もない笑い声が起こった。六人の内最も背の高い毒々しい顔をした男が、何がおかしいのかゲラゲラ笑い出したのである。そしてヨロヨロと一方の壁に歩み寄り、どこの国の言葉とも分からぬ叫び声を立てながら、壁の上部に設けられた電線のスイッチに手をかけた。それを見た他の悪漢共の顔に極度の恐怖の色が流れた。アッと声を立てる者すらあった。

大男はなおも笑い声を立てながら、しかし真蒼（まっさお）になった顔に目ばかり赤く血走って、その血走った目で望月少佐を睨みつけたまま、カチッとスイッチを入れた。だが予期した異変は起こらなかった。大男は気が違ったかのように何度もスイッチを上下に動かしたが、何の手応えもなかった。大男も他の五人も今はただ茫然として立ちつくすのみであった。彼等は最早あらゆる手段を失った絶望の群像に過ぎなかった。

望月少佐は拳銃を構えたまま一歩身をよけてうしろの部下に合図をした。五人の国民服がコンクリートの階段をかけ降りて、茫然自失せる悪漢共に向かって殺到した。

ほとんど格闘らしい格闘もなく、寸時にして事は終わった。六人の男はことごとく後ろ手に縛り上げられ、おとなしくそこにたたずんでいた。

かくしてこの夜の大捕物は、殆どあっけない程たやすく、何等の故障もなくその目的を完了したのである。

悪漢共は数珠つなぎとなって地下室を追い立てられ、上の座敷へ連れ去られた。先に捕縛した見張りの者と合わせて十名、あとは自動車の都合をつけて、司令部に連行すればよいのである。

そして、二重の地下室の底には、望月少佐と五十嵐新一とがただ二人残っていた。

「このスイッチがもし利いたとすれば、我々は粉微塵になっていたでしょう。イヤ、この建物全体があとかたもなくなっていたでしょう。彼等の最後の手段だったのです。爆薬です。僕は前もってここに忍び込み、電線を切断しておいたのです」

新一が説明した。

「では、彼等のピストルの弾丸を抜いておいたのも君ですか」

望月少佐はさい前まで悪漢共のかけていた椅子の一つに腰をおろして、驚嘆の面持で新一を見つめた。

「そうです。手品師のように、際どい仕事でした。奴等はここの密会が全く安全であると信じこんでいたのです。表と裏と地下室の入口の押入れの前に見張番がいます。何か事があればすぐベルを押すようになっているのです。僕はそれらのベルの電線も皆、分からぬように切っておいたのですが、奴らは不意を突かれてベルを押すひまもなかったようです。仮令(たとえ)押したとしても鳴りはしなかったのですがね。

「第一の地下室は防空待避所です。誰に見られても少しも差し支えありません。これは町内でも自慢の待避壕なのですよ。よく他所の警防団などが視察に来るほどです。誰知らぬ者もない名物地下室です。ところが、実はこれが人目をくらます手品の種で、その下にもう一つ本当の秘密地下室が出来ていようなどと、誰が気附きましょう。二重底の秘密箱のようなものですね。

「なおその上に万々一この待避壕を怪しむ者があったとしても、秘密の会合のある間は、ここにも見張人が頑張っていて、闖入者(ちんにゅうしゃ)があれば直ちに第二の地下室へ合図をするようになっているのです。僕らは敵の虚を突いて、この最後の難関をも見事に突破しましたがね。

「しかしこれらのあらゆる見張りが駄目になっても、彼等には最後の切札があったのです。それはこの壁のスイッチです。建物と共に敵も味方も粉微塵にしてしまうという恐ろしい火薬仕掛けです」

新一の説明を聴くに従って、望月少佐は愈々感に堪えたという面持で、頻りと肯いて見せるのであった。

「彼等を一人も傷つけないで捕縛できたのは奇蹟といってもよい程ですね。イヤ、そればかりではない。君の周到綿密な用意のお蔭で、我々一同命拾いをしたわけです。その意味でも君には非常に感謝しなければなりません」

「お褒めにあずかって恐縮です。苦心の甲斐があったというものです。何しろ僕に取っては父と母との仇討ですからね。一月余りというもの殆ど夜も寝ないで走り廻り、やっとここまで漕ぎつけました。そして、奴らの全員がここに集まっている好機会を捉えることが出来たのは全く幸運でした。父母の霊が導いてくれたのかも知れません。これで僕もいささかお国の為に尽くすことができたというものです。少なくとも僕の調べたところでは、今夜ここに集まっていたのが、内地に潜入している敵国間諜団員の全部です。もう心配はありません。工場爆破計画も、思想攪乱工作も、これでおしまいです」

新一は非常に昂奮しているように見えた。地下室の中をあちこちと歩き廻りながら、上ずった声で喋りつづけた。

「だが、新一君、僕等の仕事はまだ全く完了したとは云えないようだね」

望月少佐は新一の言葉の途切れるのを待って静かにいった。

「エ、それはどういう意味でしょうか」

新一は歩き廻るのをやめて、少佐と相対して椅子に腰をおろした。

「あの椅子だよ」

少佐はテーブルの一端にキチンと行儀よく据えてある一つの椅子を指さして、意味ありげに云った。他の椅子は先程の騒ぎで皆位置が乱れているのに、その椅子だけは真直ぐに置かれたまま誰も手を触れなかったように見えた。

「エ、あの椅子とは」

「分かりませんか。あの椅子だけに主がなかったのですよ。椅子は七つ、人間は六人、つまり椅子が一つだけ多いのです。来るべき人がまだ来ていなかったのではないでしょうかね。それについて思い出すのは、この上の地下室で耳に受話器をあてていた時、ここから聞こえて来た話の内に、彼等の首領ともいうべき人を待っている、やがて来るのを待ちながら話しているという感じがハッキリ出ていたことです」

「アア、あなたはそれをお気附きになったのですね。そうです、我々はあの椅子の主を捉えなければなりません。お考えの通りそいつが首領なのです」

「エッ、君はそこまで知っていたのですか。それじゃ我々は少し早まったのではないかな。首領を逃がしてしまっては……」

「イヤ、逃がしたのではありません。僕はそんなヘマはしなかったつもりです」

「エッ、では、それはどこにいるのです。君は居所を知っているのですか」

「待っているのです。ここに待っていれば、今にそいつの方からここへやって来るのです」

新一は非常な自信をもって断言した。望月少佐はこの意外な言葉をさして驚く様子もなく受け入れた。少佐は微笑さえ浮かべて、軽く肯いて見せると、その首領の来着を待ちでもするように、腕を組んで、椅子の背に深く凭れて、黙り込んでしまった。新一も物を云わなかった。二人は長い間身動きもしないで、まじまじとお互いの顔を眺め合った。

二重の地下室の圧えつけるような重い空気、大きな傘に覆われた置電灯、部屋の隅々に籠る暗い影、何かしら異常なる出来事を暗示するがごとき不気味な雰囲気が、ひしひしと身に応えるのであった。

その時、突如として、二人の頭の上にあわただしい物音が起こった。人が走っている。一人ではない。二人のようだ。天井の出入口に国民服の男の姿が現われた。忙しく階段を駈け降りて来る。憲兵の一人であった。彼は階段を降り切ると不動の姿勢をとり、少佐に向かって挙手の礼をした。

「五十嵐さんに会いたいという女の人が来ています。一応お断りしたのですが、どうしても会わせてくれといって聞きません」

「どんな女だ、名前は」

少佐が訝しげに訊ねた。

「南という人です」

「アア、京子さんが来たのです。ここへ連れて来て下さい。私が呼んだのです。待っていたのです」

新一が新たなる昂奮を示して叫んだ。少佐はそれに同意して肯いて見せた。憲兵は南京子にこの旨を伝えるために引き返そうとしたが、それには及ばなかった。京子が早くも階段の上部に姿を現わしたからである。

京子はいつもの飛白のモンペを着ていた。しっくりと足に合ったズックの靴を穿いていた。顔は昂奮に青ざめていた。その白い顔が飛白の濃紺に映えて、非常に美しく見えた。薄暗いコンクリートの背景の前に、その姿はなにかしら神々しいもののようにさえ感じられた。彼女は瞬きもせず新一の顔を見つめて、静かに階段を降りて来るのであった。

新一の目も京子の姿に釘付けになっていた。彼の表情には一層の昂奮が加わったかに見えた。その顔は京子と同じく紙のように白かった。ア、新一が待っているといったのは、もしかしたらこの京子のことではなかったのか。

それにしても長野県の大和航空機製作所に女工員として働いているはずの京子が、どうしてここに現われたのであろう。しかもこの恐ろしい捕物のさなかに、不気味な地下室へ、彼女はそもそも何の目的をもって、その美しい姿を現わしたのであろう。

大秘密

二重の地下室の冷たい空気は微動だもせず、音というものが消え失せてしまったかのごとく異様に静まり返っていた。

つい今し方まで間諜団の悪漢達が密議をこらしていた粗末なテーブルを囲んで、望月憲兵少佐、五十嵐新一青年、南京子の三人が息づまるような沈黙の中に顔を見合わせていた。卓上電灯がテーブルの表面に赤茶けた光を投げ、その反射光線が三人の顔に不気味な陰影を作っていた。

永い沈黙を破って口を開いたのは新一青年であった。彼は嗄れた低い声で、一大事を打ちあけるかのように、少佐の顔を見つめながら、こんな風に云うのであった。

「この主のない椅子に誰が腰かける筈であったか、僕はそれを知っていますが、望月さん、あなたも無論御承知なのでしょうね。あなたは間諜団の首領が何者であるか、とっくに御存じでしょうね」

望月少佐は暫く考えたあとで、静かに答えた。

「知っている。だが、わたしは今までそれを発表することを恐れていたのです。わたしの推論は殆ど常識をはずれている。日本人の心持をもってしては想像だも許されない奇怪な心理を肯定しなければ、わたしの推論は成り立たないのです。そういう突飛な推論を迂闊に発表することはできない。時期を待っていたのです」

「で、その時期が来たとおっしゃるのですか、今こそその時期だとお考えになるのですか」

新一が熱心な口調で訊ねた。

「わたしはそのように感じる。殊に誰に盗み聴かれるおそれもない地の底で、あなた方二人の前で、わたしの推論を説明するのは、非常な好機会のように考えられる」

少佐はそこでプッツリと言葉を切って、二人の顔を意味ありげにじっと眺めるのであった。

京子は真青になって、その目は少佐の口辺に釘付けになっていた。ソヨともせぬ冷たい空気が液体のように三人を圧えつけ、三人は生人形（いきにんぎょう）（注7）のように身動きもしなかった。

暫くたって望月少佐が低い声でゆっくりと話しはじめた。

「わたしは昔話をしなければならない。今から七、八十年前の昔話です。しかもそれはどんな記録にも残っていない、歴史の裏のささやかな事実です。ささやかな併（しか）し途方もない事実です。

「わたしはその途方もない事実を、ここ二カ月余の間に、非常な苦労をして調べ上げた。殆どあるかなきかの目にも見えない細い糸を辿って、七十年の国際的罪悪史を研究した。敵国の大秘密です。想像を絶する恐るべき陰謀です。

「嘉永六年浦賀に来航したペリーは、日本の眠りを醒ましてくれた恩人だから、銅像を建てなければいけないということを唱えたものがあったが、実に滑稽な話ですね。彼は二度目に浦賀へ来る前、小笠原島を占領したという事実がある。そしてそこをコッフィン島などと名づけて米人を上陸定住せしめたのです。彼はその外琉球その他日本近海の島々を悉く武力占領することを、時の大統領フィルモアに建言している。

「だが、それまでしないでも、当時の日本はペリーなどの思惑通り動いて行った。そして安政六年には横浜その他の貿易港が開かれ、神奈川在の一寒村横浜は彼らの商業的制覇のもっとも有力な基地として繁栄したのです。

「その頃早くも或る驚くべき陰謀が企てられていた。嘉永から明治にかけての十数年は、日本に取っては維新の大事業の成就せられた極めて重大な時であったが、アメリカも丁度その頃南北戦争という大事件に遭遇していた。南北戦争が終わってリンカーンが暗殺せられたのは慶応元年ですからね。その次には十八代の大統領グラント将軍の来朝という印象的な出来事があった。グラント将軍は色々日本に好意を示したので、朝野の歓迎は非常なものでした。だが、このリンカーンもグラントも、私の謂う大陰謀に無関係ではなかった。彼らといえども当時のアメリカ機密局長官から折にふれ、その報告を受けておったに違いないのです。

「何者がこの途方もない陰謀を立案したかは、わたしにも分かっていない。第十三代の大統領フィルモアか、十四代のピアスか、十五代のブカナンか或はその時代の軍部首脳者か、また機密局の天才か、いずれにしてもこの陰謀の創案者は桁はずれの驚嘆すべき怪物です。

「その陰謀の種が日本の土に播かれたのは、安政の終わりから慶応明治にかけての七、八年の間であったと推定される。その種が幾粒播かれたか、恐らく一粒や二粒ではなかったであろうと想像するばかりです。わたしが調査したのはその内のただ一粒の種の成長の跡に過ぎない。

「文久年代、新開地横浜村に移住してきた米人にジョン・ブウリーという男があった。貿易商人の番頭であったが、後に主人から暇をとって、横浜百五十番館に英学教授の看板をかけ、月謝三分で日本人の弟子をとった。その広告文が明治元年五月の『万国新聞紙』に載っている。

「ブウリーの弟子の中に花輪トミという骨董商の娘があった。その頃外人目当てに横浜に骨董の店を出すものが多かったが、花輪はその先駆者であった。ブウリーと花輪の家とは金儲けについて切っても切れぬ関係を結んでいたと想像すべき節がある。というのは、間もなくブウリーは花輪トミと結婚をしたからです。尤も太政官が日本人と外国人との結婚を許可したのは明治六年ですから、それまでは正式の婚姻はなかったのだが、兎も角花輪トミは明治三年に新太郎という混血児を生み落としている。

「母親のトミは新太郎が三歳の時病死し、ブウリーは後添いも貰わず、新太郎の養育に専念して、新太郎が二十一歳の折これも病歿した。新太郎は外人商館の手代見習に入っていたが、その頃同じ横浜に人力車の帳場を経営していた堂本という者の娘お花を愛してこれを娶ろうとしたところ、母の実家が反対して、どうしても許さぬので、新太郎はお花を連れて駈落ちしたのです。そして諸方を巡り歩いた末、静岡市に落ちついて、新太郎は丸三製氷会社の書記を勤めた。書記をやっている内に段々製氷技術を覚えて、後には技師として働くようになった。

「新太郎夫婦はそこで一男一女を挙げたのですが、男子は死亡し、女子の方が残った。新太郎の二十六歳の時生まれた娘です。これは二代目の混血児ですが、見た目は殆ど日本人と変りがなかった。美しい娘でした。

「新太郎は二、三の製氷会社を転々として、最後に東京下谷区の東洋製氷会社工場に勤め、根岸に住居した。明治四十二年、新太郎はそこで病死し、妻のお花と娘の幸子が取り残されたのです。新太郎は本来ブウリー新太郎とでも名乗るべきですが、ブウリーは新太郎の少年の頃日本に帰化し、姓も大川と改めておったので、新太郎の娘の幸子は、即ち大川幸子なのです」

望月少佐はそこでちょっと言葉を切って、煙草に火をつけ、その青い煙の中からじっと新一青年の顔を眺めたが、新一は腕組みをして目を閉じて、眠っているのではないかと怪しまれるほど静かにしていた。

「大川幸子は二十歳の頃野田某という医学生と恋愛に陥り、間もなく妊娠したが、野田は幸子と結婚できない事情があって、郷里に帰ってしまった。幸子は非常な不幸に沈んだが、思いもよらぬ救いの手がのべられた。凡ての事情を知った上で彼女を妻にしたいという人が出てきたのです。それ程まで幸子を愛し幸子の容色に溺(おぼ)れた人があったのです。それはその頃大学の助教授であった工学士五十嵐東三氏です」

少佐はここで又言葉を切って、二人の聴き手の顔を眺めた。京子はハッとしたように目を見はって話し手の顔を見つめていたが、新一青年は目を閉じたまま少しも動かなかった。

「五十嵐学士と結婚して間もなく、幸子は男児を生み落とした。五十嵐はその子供を新一と名づけ、自分の子供として届けでたのです。それから二十余年の間、夫婦の間には一人の子供も生まれず、新一は両親の寵愛(ちょうあい)を独占して成長した。新一君、それが君なのです。わたしは二月(ふたつき)かかってやっとここまで調べ上げた。新一君、君はこのことをもう知っていたのでしょうね」

「ええ、知っていました」

新一は目を開いて、じっと少佐の顔を見ながら、落ちついて答えた。顔色は真青であったが態度も口調も極めて静かであった。

「では、わたしの推論が正しいことを認めるのですか。ブウリーから君に至るまで四代に亘(わた)る大陰謀を、君は認めるのですか」

新一は再び目を閉じて黙り込んでしまった。

「わたしは君の先祖を調査してブウリーに行き当たった時、わたし自身の推論の恐ろしさに身震いしないではいられなかった。ブウリーの名は戸籍簿にはない。大川新太郎で行き止まりになっている。大川新太郎からブウリーまで辿りつくのに、わたしは非常な苦労をした。五十嵐博士は無論君のお母さんが第二代の混血児であることは知らなかった。お母さんの方からは決して打ち明けなかったのだ。博士は恐ろしい間諜を妻とし子として、それに少しも気づかず研究に没頭しておられたのだ。

「この陰謀の計画者が第何代の大統領であったか、第何代の軍部首脳者であったか、わたしは知らない。併しブウリーという男が、その大使命を帯び、十分の訓練を受けて日本にやって来たことは間違いない。そして、出来るだけ純粋な日本婦人を選んで結婚したのだ。彼はそういう命令を受けて来たのです。そして、その日本婦人との間に生まれた子供にアメリカ流の愛国心を植えつけ、日本にいながら、日本人とよく似た顔をしながら、しかも日本国に深い憎悪を抱き敵愾心を持ちつづけさせるように教育するのが、彼ブウリーの一生の仕事だったのです。

「二代目の混血児は更らに純粋な日本婦人と結婚して女児を生んだ。二代目の父の仕事は、今はもう日本人と少しも違わぬ顔をしている三代目の女児に、自分が受けたと同じ教育訓練を施すことであった。敵愾心と憎悪を植えつけ、沈着勇猛なる間諜に育て上げることであった。三代目の女児即ち大川幸子は、最も純粋な日本人と愛し合って四代目の男児即ち君を生んだ。そして、五十嵐博士に妻としてかしずきながら、一方君を自分と同じアメリカ人に育て上げるために、秘(ひそ)かなる情熱を傾けつくしたのだ。

「四代に亘って外形は真実の日本人になろうとする努力、しかも一方では日本人にならばなる程アメリカ魂を濃厚にし、日本への敵愾心を強めて行く努力、これは実に恐るべき命がけの大手品です。その根気と執念とはただもう戦慄驚嘆の外はない。まるで悪夢にうなされているような恐ろしさです」

少佐は三たび言葉を切って、新一青年の蒼白な顔を眺めた。新一はパッチリ目を開いて、少佐の目を見返すように、低い声で云った。

「あなたは悪夢にうなされていらっしゃるのですよ。僕がアメリカ人の血をひいているということは母から聞いています。また僕が父の本当の子でなかったことも知っています。しかしこの僕が四代がかりで造り上げられた間諜だなんて、恐らくあなたの夢ですよ。悪夢ですよ。あらゆる事実がそれを証明しています」

「証明だって、一体何を証明しているというんだね」

「例えば、僕は父を殺し得なかったということをです。子が父を殺すということがあり得ないばかりでなく、それは物理的に不可能だったではありませんか。あなたはこれをどうして証明しようというのです」

新一は青ざめていたけれど、少しも狼狽してはいなかった。彼の表情には何かしら不思議なものがあった。好意と悪意と、肯定と否定との奇妙な混淆が感じられた。

「では、殺害事件そのものについて、わたしの推論を試みよう。君がそれを望むならば」

「エエ、聞かせて下さい。僕はそれを待っていたのです」

望月少佐は居住まいを直して語り始めた。

「わたしが山の研究所へ出向いて、最初に見つけたものは、金庫や窓ガラスに残っていた犯人の指紋だった。わたしの部下はその指紋の主を突き止めて逮捕した。だが、彼は犯人ではなかった。わたしは彼と一時間ほど会話をしてそれを悟ってしまった。彼の奇矯な性格と、その指紋が警視庁の指紋カードに採られていたことが、彼を飛んだ目にあわせる動機となったのだ。現場に残っていたのは、指紋カードから複写したゼラチン版を捺したものに過ぎなかった。本人が来たのではなくて、指紋の印判だけが現場へやって来たのだ。

「真犯人はこの可哀相な男を一応逮捕させておいて、取り調べが進まぬ内に毒殺してしまった。差し入れの弁当の中に毒物が入っていたのだ。この第一の替え玉が役に立たなくなると、真犯人は次に第二の替え玉を用意していた。××温泉村山中の洞穴に隠れていた怪人物、それから大和航空機製作所の爆破を企らんだ男、今度も常人ではない、けだものの様な異常な人物が選ばれた。そして、こいつこそ五十嵐博士殺害犯人だと思い込ませるように仕向けられた。この男も間諜団の一員ではなかった。韮崎と同様純粋の日本人であった。何も知らないで間諜の手先に買収せられ、命ぜられたことを機械的にやったばかりで、それが戦争にどういう影響を与えるかということには、全く無智であった。この男も韮崎と同じに毒薬自殺をとげた。イヤ自殺と見せかけて、実は毒殺せられたのだ。

「では真犯人はどこにいるのか。君は今夜ここにいたではないかというであろう。如何にも十名のものが一網打尽となった。又彼等が間諜団一味の者共であることも疑いない。併し例によって肝腎の男がいない。彼等の首領、真犯人は姿を現わさない。空（から）の椅子があるばかりだ。

「新一君、君はさっきこの椅子の主を待っているといったが、君は君自身を待っていたのだ。五十嵐博士殺害犯人、韮崎と今一人の替え玉を毒殺した下手人、アメリカ人の血を受けたペリー以来の大陰謀の主、憎みても余りある売国間諜団の首魁は君を措(お)いて外にはないのだ」

望月少佐の低いが力強い、叱りつけるような声がピタリと止まり、その余韻が消えうせると、三人のまわりに再び墓場の静寂が押し寄せた。重い冷たい空気が三人を圧えつけた。殆ど五分間も、誰も口も利かず身動きもしなかった。

その時、さい前から一言も物をいわなかった南京子が、堪(たま)りかねたように口を開いた。二人の男子とは違い、彼女はさすがに昂奮を隠し兼ね、その声は幽かに震えていた。

「違います。それは違います。新一さんは下手人ではありません。わたし、それをこの目で見ているのでございます。あの時新一さんとわたしとは月夜の庭を肩を並べて歩いていました。そして、五十嵐博士が二階の窓から助けてくれと叫んでいらっしゃるのを見たのです。何者かが博士を部屋の中へ引き戻そうとしているのを、この目でちゃんと見たのです。新一さんとわたしの立っている所から博士のお部屋まで、いくら急いでも二、三分かかるほど離れていたのです。

「そして、その二階の部屋へ駈けつけて見ると、博士は傷ついて倒れていらっしたのです。新一さんは外の人達と一緒にその部屋へ入ったのですから、新一さんが下手人である筈がないのです。

「まだあります。その夜は新一さんのお母さまが博士の隣の部屋でお寝みになっていたのですが、犯人はお母さまを縛って洋服箪笥の中へとじこめて逃げて行きました。新一さんにどうしてそんなことをする隙があったでしょう。お母さまを縛って逃げた奴が下手人です。新一さんではありません。新一さんは博士が傷つけられた時には、わたしと一緒に庭にいたのです。こんなはっきりした証拠があるでしょうか。

「それから、それから、傷ついた博士がとうとうお亡くなりになったのは、あの晩犯人が博士のお薬の中へ毒薬を入れたからですが、その時新一さんは手足を縛られ猿轡をはめられて深い穴の底にころがっていたのです。そんな目にあっていた新一さんが、どうして博士の病室へ忍び寄ることが出来たでしょう。新一さんは下手人ではありません」

京子は息をはずませて、彼女の確信するところを述べ終わると、敵意に似た目遣い(めづか)いで食い入るように望月少佐の顔を見つめるのであった。

「アア、そうです。京子さん、あなたのおっしゃる通りです。さっき新一君もちょっと漏らしたように、それは物理的に不可能だったのです。完全無欠のアリバイというやつですね。しかも新一君はその不可能をなしとげた。祖父から曽孫に至る四代の執念を見事に成就して見せたのです」

「信じられません。わたし、信じられません」

京子はこの物理的不可能を絶対のものとして動かなかった。

「不可能ではない。不可能に見せかけた巧みな手品にすぎないのですよ。こういう手品はアングロサクソンの最も得意とするところです。五十嵐博士に重傷を負わせた夜は丁度満月に近い月夜であった。ここに一つの意味があるのです。その兇行の行われた時、あなたと新一君が博士の寝室の窓の見える庭を歩いていたという点にも今一つの意味があるのです。

「若しあの時、あなたが庭へ出て行かなかったならば、恐らく犯罪は行われなかったに違いない。あなたと新一君とが肩を並べて月光の下を歩いている。丁度その時、博士の寝室において兇行が演じられるというのが、絶対に必要な条件だったのです。

「犯人は無論、博士を殺してしまうつもりだった。そして一応目的は果たしたものと信じたのですが、実は少し急所をそれていた。博士は絶命しなかった。犯人は非常な失敗を演じたのです。そこで更に色々な手品が必要になって来た。そこで案出せられたのが、例のいつも洞穴の中にいる怪人物です。そしてその怪人物が叢の中を蛇のように這って行った。新一君がそのあとを追ったなどという、怪談が生まれて来たのです。あなたはあの時蛇のような怪物を目撃したわけではない。そこに立っている新一君を見たばかりです。新一君の脅えた表情と、憑かれたような行動を見たばかりです。あなたはその怪談を信じてしまった。

「そうして、新一君は行方不明になってしまった。怪物に誘拐監禁せられたと信じさせるような手段が採られた。怪物は唯一の護衛者である新一君を博士の身辺から遠ざけておいて最後の手段を講じた。――毒殺を敢行したと信じさせるように仕組まれた。そして、ここにも又新一君の完全なアリバイが成立したのです。山奥の洞穴の中に高手籠手に縛められて監禁されていた新一君が、同時に博士の枕頭に現われて毒薬を盛るなどということは全く不可能としか考えられませんからね。こうして新一君は最後の目的を達したのです」

「どうしてそういうことが出来たのでしょうか」

京子は依然として彼女の所信を捨てなかった。愛人新一の悪業を信じまいとして惨憺たる苦闘をつづけていた。

「極めて簡単です。新一君は監禁などされていなかったからです。或は夜の更けるまであの洞窟の中に隠れていたかも知れません。併しそれは新一君の自由意志によって身を隠していたのに過ぎません。決して縛られてなぞいなかったのです。そして適当な時間に博士の寝室の外に忍び寄り、憲兵の見巡りの隙を窺(うかが)って、縄梯子で病室の窓によじ登り、カーテンの間から手を入れて毒薬を盛ったのです。

「それから六日の間新一君は山中に姿をくらましていた。食事はあの替え玉のけだもののような男が麓の村から運んだのでしょう。その時にはまだ誰もあの男の顔を知らなかったのですからね。そして六日目に、わたしが山中を散歩するのを見すまして、新一君はあの男に自分を縛らせ、猿轡まではめさせて、洞穴の底に横たわっていたというわけですよ」

不可能は実に易々と可能になった。併しもう一つの不可能は、月夜のアリバイはどうして打ち破ることができるのであろう。この方は全く物理的不可能であって、如何なる欺瞞(ぎまん)もあり得ないではないか。

「イイエ、それは一つの考え方です。そういう考え方も出来るということが分かるだけです。あの月夜の晩のことが説きあかされないでは、あなたのお考えを信じることが出来ません。あの時はこの目で見たのです。博士がうしろから引き戻され、短刀で刺されるのを、この目で見たのです。そして、その時新一さんはわたしのすぐ側に、肩もすれすれに立っていたのです」

京子は愛人のために最後の抗弁を試みるのであった。

月光の妖術

京子は燦々と降り注ぐ月光の中に、はっきりとそれを見たのであった。五十嵐老博士は窓から半身を乗り出して救いを求めていた。その時何者かが博士を室内に引き込み、博士は苦悶の叫びを上げて倒れて行った。それをはっきり見たのである。しかもその時、五十嵐新一青年は彼女と肩を並べて月光の庭に佇んでいたのだ。その新一がどうして博士を殺し得たであろう。物理的に不可能なことではないか。京子はあくまで抗弁した。彼女の健全な常識がかかる非論理を承認し兼ねたのである。

しかし望月憲兵少佐は、確信に満ちた静かな声で説明をはじめた。地下室の冷たい空気に滲み通るようなその低い声が、徐々に京子の魂を圧倒して行くように見えた。

「それは月の光があなたの目を眩ましたのです。月光の妖術とでもいいますか、犯人の巧緻を極めた手品にすぎなかったのです。

「わたしは数学の計算によって、あてはまらないものを一つ一つ取り除き、そのあとに残ったただ一つのものを、表から裏から側面から吟味したのです。そしてこうでなくてはならないという最終の論理を組み立てたのです。

「発いて見れば何でもない事です。一つの幻術『目くらまし』に過ぎないのです。しかしこれを考えついた犯人の惨憺たる苦心と執念には、何か人をゾッとさせるものがあります。

「犯人は何十日という間、夜も昼もこの事ばかり考えていたに違いない。そして一つの不可能を造りあげた。被害者が月光の窓で救いを求める。そのとき犯人はそこから十間も二十間も離れていた場所にいて、犯罪の現場に駈けつける。一人ではない、多数の人と一緒にです。駈けつけると、被害者はすでに傷つけられ瀕死の状態に陥っていた。犯人が被害者に手をかける隙は少しもなかった。完全無欠のアリバイですね」

「そうです。完全無欠のアリバイです。それがどうしてそうでないとおっしゃるのでしょうか」

京子は青ざめた顔を固くして、最後の抵抗を試みた。もう無駄だということは彼女にもほとんど分かっていたが、何かしら非常な焦躁にかられて、黙っているわけには行かなかったのである。少佐は静かにつづける。

「それが犯人の考え出した巧みな目くらましだからです。犯罪はあのときに行われたのではない。もっと以前、あなたと新一君とが月光の庭で出会うよりも前に、犯罪はすでに行われ、博士は傷つけられていたのです」

「でも、あんなひどい傷を負わされた博士が、どうして窓から救いを求めることができたのでしょう。それは不何能です。そんなことは考えられません。それに……」京子はギョッとしたように目を瞠った。「もしあなたのおっしゃる通りだとしますと、あの時、博士は自分を傷つけた犯人に向かって、救いをお求めになったことになるではありませんか」

「そう、一応そういう事になる。そこに犯人の恐るべき幻術があったのです。京子さん、あなたは月の光にまどわされたのですよ。若し昼間だったら、この幻術は到底成功しなかった。淡い月光の中だったからこそ、あなたの目をあざむくことが出来たのです。あの時窓から半身を乗り出して救いを求めたのは、本当の五十嵐博士ではなかった。博士はすでに意識を失って部屋の中に倒れていたのです」

「でも、でも、あれは確かに……」

京子の声はまったく生彩を失っていた。独言のような呟きにすぎなかった。

「京子さん、月光の中で博士の身代わりをつとめた人物は一体何者だと思いますか。意外な人です。しかしよく考えて見れば、その人の外にこの役目を果たし得る人物はいなかったのです。……それはね、五十嵐博士夫人です。新一君のお母さんだったのですよ」

彫像のように身動きもしなかった新一青年がこの時カタンと音をさせて膝を組み直

した。

京子はもう黙っていた。一切が彼女にも分かりかけて来たのである。

「新一君のお母さんは日本人の顔を持った生粋のアメリカ人であった。祖父ブウリーと父新太郎の血を受けついだ生得のスパイであった。無論お母さんは五十嵐博士と再婚する時、今日あるを予知していたわけではない。お母さんにして見れば、新一君を立派なスパイに仕上げてゆくのに邪魔にならないような、家事にうとい学者肌の夫を選ぶ必要があった。五十嵐博士はそういう意味では理想的の人物だったのです。お母さんは、日夜飛行機の研究に没頭している博士の傍らで、まったく別個の生活をいとなんでいた。新一君を生粋のアメリカ人に、日本侵略の隠密の先駆者に育て上げるために、情熱と精根とを傾けていたのです。

しかるに偶然にも夫五十嵐博士はアメリカに取ってもっとも恐るべき武器の発明者となり、その発明が今にも完成するという危機に際会した。だがお母さんは決して惑わず、永年連れ添う夫を祖国の犠牲に捧げる決意をしたのです。

こうして犯罪史上に前例のない恐ろしい罪が企てられた。お母さんと新一君とは、その罪の遂行のために智嚢を絞り、夜となく昼となく密議をこらした。そしてこの驚くべき幻術が構成せられたのです。幻術は二つの大きな要素から成り立っていた。一つは世間が五十嵐博士と新一君とを真の親子と信じ何らの疑いをもっていないという究竟の要素であった。これこそ君達の幻術の基底をなすところの比類のない条件であった。しかしそれだけではまだ不十分だ。この陰謀にはもっと磨きがかけられなければならなかった。そこで第二の要素として完全無欠のアリバイが考案せられた。犯罪が行われた時、当の犯人の新一君が被害者から数十間離れた場所にいるという手品が考え出された。

事実は、五十嵐博士とソックリの姿をした人物が窓から救いを求めた時に犯罪が行われたのではない。そのとき本当の五十嵐博士はすでに傷つき倒れていたのだ。その下手人はいうまでもなく新一君である。君はあのとき博士が死んだものと誤解した。その目的を果したと信じてしまった。そこで計画の通り大急ぎで庭に出て、そこに立っていた京子さんに声をかけた。むろん京子さんがそのとき庭に出ていなかったら、そして月があのように冴えていなかったら、この兇行は延期されたに違いない。庭から博士の寝室の窓がよく見えることと、庭に誰かがいることが、絶対の条件だったからです。

それは必ずしも京子さんでなくてもよかったが、偶然にも最も都合のよい京子さんが庭に出ていた。そこで五十嵐博士夫人は京子さんに見せるために、あのお芝居を演じたのです。あらかじめ用意してあった鬘(かつら)とつけ髯、博士のと同じ柄のパジャマ、博士の声を真似た嗄れた叫び声、月光がこれを助けたのです。わたしが月光の妖術といったのは、この事です。太陽の光でなくて月の光でなければならなかったのです。

真の犯罪は月光の中のお芝居よりも十数分前に行われていたことを誰も知らなかった。お芝居の演じられたときに兇行があったものと信じた。そのとき新一君が犯罪現場にいなかったことは明瞭である。完全無欠のアリバイです。第一に新一君は博士の子であるということ、第二に新一君は兇行の現場にいなかったこと、一点の隙もない論理です。真に恐ろしい幻術です。

博士夫人はお芝居を演じ終わると、鬘、つけ髯、パジャマをどこかへ隠し、自ら猿轡をはめ、自分のからだにグルグルと紐をまきつけて、洋服箪笥の中に入り、内側から戸を閉めたのです。鍵は夫人がかけたのではない。新一君があとであの部屋に入ったときにかけたのです。鍵がないないと探し廻って見せたが、その実、鍵はちゃんと新一君のポケットに入っていたのです。また、夫人は自分のからだに紐をまくことは出来たけれども、その端を結ぶことは出来なかった。この欠点は、紐を解く役割を新一君が勤める事によって完全に補い得た。つまりその紐の端は一度も結ばれなかったのです。新一君はその結ばれていない紐を解いて見せた。解く真似をしたに過ぎないのです。こうして博士夫人にも完全な反証が用意されていた。第一の反証はいうまでもなく、君のお母さんが五十嵐博士の妻であったという有力無比の事実だ。第二の反証は犯人のために縛られて洋服箪笥にとじこめられていたという欺瞞だ。実に深くも企らんだものだね」

望月少佐はそこで言葉を切って、新一の顔をじっと見ていたが、相手が黙り込んでいるので、答を促すためにつけ加えた。

「新一君、君の意見が聴きたいものだね。わたしの推論にどこか間違った個所があったかね」

新一はやっと顔を上げた。恐ろしいほど青ざめて、ビッショリと汗の玉が浮いている。

「望月さん、的確な推論です。あなたのお話には一点の間違いもありません」

新一は低い嗄れた声で始めた。

「実を申しますと、僕はあなたがこの事件の真相を発いて下さるのを待っていたのです。いつか大和航空機製作所に時限爆弾を仕掛けた男と取っ組み合って傷ついた時、あれも態と自分の手で傷をつけたのですが、あの時あなたが見舞に来て下さってペリー来航以来の歴史を研究しているとおっしゃったので、あなたが既に真相を摑んでおられることを知りました。僕はあの時からもう覚悟をしていたのです。

「しかし僕の心持を一変させたのは、望月さんあなたではありません。もっと強い動機がほかにあったのです。それはここにいる南京子さんです。こういうことを打ちあけるのは、京子さんにも今がはじめてですが、僕を日本人にしてくれたのは京子さんです。僕は望月さんのおっしゃった通り、日本人の顔を持ったアメリカ人でした。祖国アメリカのために命がけで働いたのです。それが正しいと信じていたのです。

「ところが、父の死後間もなく、××温泉の山中で京子さんが滝にうたれて一心にお祈りをしている姿を見た時から、僕の心に非常な動揺が起こったのです。京子さん覚えていますか、僕があの時涙を流してあなたに約束したことを。僕がどんな感じでいるか、あなたには到底分からない。しかし何時か詳しくお話しする時が来る。きっとその時が来ると云ったことを。その時が今来たのです。

「その後も京子さんが日本人として日本のお国を思う心や行いがひしひしと僕の心を打ちつづけたのです。殊に母の入院している病院がアメリカの飛行機に爆撃された時、京子さんの殉教者のような神々しい姿を見て、僕は魂の底から揺さぶられました。

「京子さんは日本人なのに、僕はどうしてアメリカ人でなければならないのか。僕のからだには無論アメリカ人の血が漲（みなぎ）っているが、純粋のアメリカ人からは四代目の孫にすぎない。正確にいえば僕の体内にはアメリカ人の血は八分の一しか残っていない。八分の七までが日本人の血ではないか。その僕がどうして京子さんと同じ日本人であってはならないのか。僕は京子さんの神々しい姿を見ているうちに、そこへ気がついて、愕然として夢から醒めたのです。

「母は間接ではありますが、アメリカ機の爆撃によって死にました。神を恐れぬアメリカ機は病院と知りながら爆弾を落としたのです。そしてその病院にアメリカにすべてを捧げた一女性がいたのです。アメリカの無謀な盲爆がアメリカの恩人を殺したのです。母は今はの際に僕だけに囁きました。もう私はアメリカ人ではない。アメリカへの忠誠はこれで終わった。お前は今日から日本人になりなさいと囁いたのです。

「僕の苦悶をお察し下さい。それのみを生甲斐としていたものが、今は生甲斐とするに足らないことが分かったのです。しかも僕は悪夢のような信念のために、取り返しのつかぬ大罪を犯してしまったのです。真実の父でないとはいえ、育ての父を手にかけるという極悪非道の罪を犯したのです。京子さん、僕があの時、母が息を引き取ったすぐあとで、コンクリートの塊で自分の指を打ちくだいたことを記憶しているでしょう、あなたは気でも狂ったのかとびっくりしていましたね。だが、僕は指を一本無くしたぐらいでは到底癒すことの出来ない心の痛手にうちひしがれていたのです。

「結局、僕は日本人に立ち帰る外はなかったのです。その外に道が無かったのです。日本人になるということが僕にとって何を意味するか、お分かりですか。若し僕がアメリカ人でないとしたら、僕が今までやって来たことは、すべて極悪非道の大罪です。何度死んでも足らないくらいです。しかし、僕の命は一つしかありません。せめてもの罪亡ぼしに、僕の知っている限りのアメリカのスパイ共を一網打尽した上で、自決するという決心をしました。そして今こそ、その時が来たのです」

望月少佐はそれを止めようとはしなかった。京子は茫然自失していた。新一は何のさまたげもなく、用意の丸薬を飲み下すことができた。

偉大なる夢

「新一君、君に一言(ひとこと)聞かせることがある。我慢して聞くんだ。いいか」

望月少佐は椅子の下にくずおれている新一の肩をゆすぶった。新一は苦悶に歪んだ顔を起こして、見えぬ目に少佐の声を見上げた。

「アメリカ人共は、これを聞いたら愕然として色を失うだろう。だが、日本人になった君には嬉しい知らせだ。君はお父さんに深手を負わせた。しかし殺しはしなかったのだ。新一君、安心したまえ。五十嵐博士は生きているんだぞ。そしてあの偉大な発明を殆ど完成したのだ。分かるか。新一君、君のスパイとしての手柄はこれで台無しとなってしまったが、その代わりに、父殺しの大罪を免れたのだ。喜びたまえ、君は君が思っている程の大罪人ではなかったのだ」

新一の瀕死の魂はこの言葉を聴き取ったのであろう。彼の土色の顔に幽かな微笑が浮かんだかと思われた。

「君は毒薬をもって五十嵐博士を殺したと信じていた。君ばかりではない、設計班の人々の全部がそれを信じた。しかし本当は博士はあの毒薬を飲まれなかったのだ。あのときわたしは博士の病室の次の間に寝ていたが、決して眠ってはいなかった。犯人の黒い手が薬瓶をすり換えたのを、隣室の暗闇の中からじっと見ていたのだ。そして、わたしは咄嗟にこの機会を逆に利用することを考えついた。

「主治医の外科病院長に事情を打ちあけて協力を求めた。主治医は国家的な立場から医師としての良心を放棄し、極度に衰弱している五十嵐博士に麻酔薬を与え、外見上死人同様の状態にすることを承知してくれた。このことはわたしと主治医と二人だけの秘密として、設計班の人達にすら打ちあけなかった。主治医はこの困難な仕事を巧みになしとげてくれた。突然五十嵐博士の毒死が発表せられ、病中の博士夫人をはじめ設計班の人々が枕頭に集ったが、権威ある医学博士の断案を誰一人疑うものはなかった。当時衰弱の極にあった老博士の姿は、私自身さえ本当に亡くなられたのではないかと錯覚を起こすほどであった。丁度その時新一君は山中の洞窟に隠れていたし、博士夫人は発熱のため長く死者の枕頭に侍することができない事情にあったので、このお芝居は一層安全に行われた。

「博士の死体を納めたと見せかけた棺が上田市で火葬に附せられたが、この棺の中には主治医の外科病院に備えつけてあった人体骨格標本が入れてあったのに過ぎない。本当の五十嵐博士を運び出すために、もう一つの棺が用意された。わたしの部下がこの棺を守って、深夜自動車で長野市に走った。博士はそこの大病院に入り、万全の手当を受けた。東京からも北沢博士がわざわざやって来られて、この大発明家の健康恢復のためあらゆる手段が講ぜられた。

「幸にして一カ月余りの療養の後、五十嵐博士は設計の仕事をつづけ得る体力を取り戻すことができた。そこで、従来のものとは全然別個の設計班が組織せられ、愛知県下の某大工場を試作機製作所と定め、極秘の内に仕事が進められた。夜を日につぐ超人的努力が続けられた。

「大和航空機製作所に移転した設計班の学者達には、この秘密を一言も漏らさなかった。京子さんの兄さんの南博士さえもこのことは御存じなかった。わたしは当時まだ新一君がその人であると確信していたわけではないが、いずれにせよ設計班の中に間諜に通諜するものがあることを疑わなかったからです。

「新一君、聴いているか。わたしのいうことが分かるか。オイ、喜びたまえ、君の罪はわたしが償って上げたのだ。君は親殺しの大罪を犯しはしなかった。イヤ、それよりも、国の興亡をかけた五十嵐博士の大発明を妨げはしなかった。妨げ得なかったのだ。オイ、新一君、分かるか。君は救われたのだ」

少佐は怒鳴りながら、新一の肩をゆすぶったが、新一はこれに応えることは出来なかった。身体を動かすことは勿論、見ることも、口を利くことも出来なかった。しかし僅かに残る聴力が少佐の言葉を理解したのであろう、口辺にただよう一種不気味な微笑が、幽かに強まり拡がって行くように感じられた。

京子は新一が恐るべき敵国人であることを知って、一時は彼を限りなく憎悪したけれども、今は彼のために涙をながしていた。それは新一が日本人となって死んで行くのだという感動の涙であった。

「新一君、まだ死んではいけない。もう一言聞かせたいことがある。昨日だ。昨日の朝五十嵐博士の超高速度飛行機は試験飛行に成功した。……試作機の製作が驚く程早く完成したのだ。神業といってもいい。あの大負傷が五十嵐博士の脳髄に超人的な力を与えた。そして博士を助ける学者達の闘志がこれをなしとげた。設計の大部分は××温泉村の設計場で出来上がっていたし、試作機の部分品も大半は注文ずみだったので、試作機の製作は予想外に早く完了した。その代わりに人間と費用とは惜しげもなく使用せられた。設計製図には毎日五百人の学者、技術者が働き、製作には五カ所の主要工場を合わせて毎日夜も昼も二千人の工員が働いた。

「試作機の試験飛行は見事に成功した。詳しいことは私にも分からないが、五十嵐機の動力は旧来の発動機に特別の改良を加えたものと、一種のロケットが併用せられ、発動機で飛翔する場合は翼をひろげ、ロケットで驀進する場合には翼をちぢめて砲弾のような形になるという極めて巧妙な装置がほどこされているのだ。燕(つばめ)はゆっくり飛んでいるときは翼をひろげて羽搏(はばた)くが、非常に早く飛ぶときには翼をぴったり身につけ、身を砲弾のように細くして空を斬る。わたしは五十嵐機は丁度あれだと思う。

「成層圏に達するまでは翼をひろげているが、成層圏に上昇し、いよいよ長距離飛翔に移る際には翼が胴体にぴったり食い付いて、同時にロケットの爆発がはじまるという機構らしく想像される。その試験飛行が昨日の朝、愛知県の某所で行われたが、結果は非常な好成績であった。速度は五十嵐博士の計算よりも遙かに早いほどで、東京ニューヨーク間五時間の夢はもう実現したも同様だという知らせであった。五十嵐博士は助手達に助けられて、その場に立ち合って居られたが、大負傷後のからだも忘れて、躍り上がって万歳を叫ばれたということです」

新一の遺骸(なきがら)はもういくらゆすぶっても何らの反応を示さず、一個の物体と化し去っていた。京子はその傍らの床にひざまずいて望月少佐を見上げたまま、声を上げて泣いていた。美しい頰を涙がとめどもなく流れるのを流れるに任せて小児のように泣いていた。

「京子さん、嬉しくて泣いているのですか。そうです、いよいよ驕敵(きょうてき)アメリカを根こそぎやっつける時が来たのです。偉大なる科学者の夢はついに実現せられたのです。戦争を一挙に終局にみちびく偉大なる力が、今われわれの手に握られたのです。

「五カ所の代表的航空機工場が、既に五十嵐機の製作に着手したということです。今から数カ月後には、何百何千の超高速爆撃機が完成せられるのです。そして、それらが太平洋を一瞬に飛び越す、無数の砲丸となって、ニューヨーク、ワシントンの空を暗くし、敵都の高層建築物を片端から破壊する日も遠くはないのです。敵策謀の本拠白堊館(ホワイト・ハウス)が大統領もろとも木端微塵となって飛び散る日が、間もなくやって来るのです。京子さん、そして全国民が偉大なる老五十嵐博士を絶讃する日が、もう目の前に近づいているのです」

望月少佐の声は一語一語と高く激しくなって行った。そして、この狭い地下室の底は、今や雄大無比の幻影に満たされていた。そこには太平洋の空を蔽って飛び行く五十嵐機の大編隊がまざまざと眺められ、微塵となって飛散する白堊館の一大爆音が鼓膜も破れよとばかり聞こえて来た。

少佐の歓喜の絶叫は地下室を震わせて鳴り響き、そのただ一人の聴き手京子の頬には、拭いもあえぬ美しい涙が、あとからあとからと、とめどもなく流れ落ちるのであった。

断崖

春、K温泉から山路をのぼること一マイル、はるか眼の下に渓流をのぞむ断崖の上、自然石のベンチに肩をならべて男女が語りあっていた。男は二十七、八歳、女はそれより二つ三つ年上、二人とも温泉宿のゆかたに丹前をかさねている。

女「たえず思いだしていながら、話せないっていうのは、息ぐるしいものね。あれからもうずいぶんになるのに、あたしたち一度も、あの時のこと話しあっていないでしょう。ゆっくり思い出しながら、順序をたてて、おさらいがしてみたくなったわ。あなたは、いや？」

男「いやということはないさ。おさらいをしてもいいよ。君の忘れているところは、僕が思い出すようにしてね」

女「じゃあ、はじめるわ……最初あれに気づいたのは、ある晩、ベッドの中で、斎藤と抱きあって、頬と頬をくっつけて、そして、斎藤がいつものように泣いていた時よ。くっつけ合った二人の頬のあいだに、涙があふれて、あたしの口に塩っぱい液体が、ドクドク流れこんでくるのよ」

男「いやだなあ、その話は。僕はそういうことは、くわしく聞きたくない。君の露出狂のお相手はごめんだよ。しかも、君のハズだった人との閨房秘事なんか」

女「だって、ここがかんじんなのよ。これがいわば第一ヒントなんですもの。でも、あなたおいやなら、はしょって話すわ……そうして斎藤があたしを抱いて、頬をくっつけ合って泣いていた時に、ふと、あたし、あら、変だなと思ったのよ。泣き方がいつもよりはげしくて、なんだか別の意味がこもっているように感じられたのよ。あたし、びっくりして、思わず顔をはなして、あの人の涙でふくれあがった目の中をのぞきこんだ」

男「スリルだね。閨房の密語（みつご）がたちまちにして恐怖となる。君はその時、あの男の目の中に、深い憐愍（れんびん）の情を読みとったのだったね」

女「そうよ。おお可哀そうに、可哀そうにと、あたしを心からあわれんで泣いていたのよ……人間の目の中には、その人の一生涯のことが書いてあるわね。まして、たった今の心持なんか、初号活字で書いてあるわ。あたし、それを読むのが得意でしょう。ですから、一ぺんにわかってしまった」

男「君を殺そうとしていることがかい」

女「ええ、でも、むろんスリルの遊戯（ゆうぎ）としてよ。こんな世の中でも、あたしたち、やっぱり退屈していたのね。子供はお仕置されて、押入れの中にとじこめられていても、その闇の中で、何かを見つけて遊んでいるわ。おとなだってそうよ。どんな苦しみにあえいでいる時でも、その中で遊戯している。遊戯しないではいられない。どうすることでもできない本能なのね」

男「むだごとをいっていると、日が暮れてしまうよ。話のさきはまだ長いんだから」

女「あの人、ちょっと残酷家の方でしょう。あたしはその逆なのね。そして、お互いに夫婦生活の倦怠(けんたい)を感じていたでしょう。むろん愛してはいたのよ、愛していても、倦怠が来る。わかるでしょう」

男「わかりすぎるよ。ごちそうさま」

女「だから、あたしたち、何かゾッとするような刺戟(しげき)がほしかったの。あたしはいつもそれを求めていた。斎藤の方でも、そういうあたしの気持を充分知っていた。そして、何かたくらんでいるらしいということは、うすうす感じていたんだけれど、あの晩、あの人の目の中をのぞくまでは、それが何だかわからなかった……でも、ずいぶんたくらんだものねえ。あたしギョッとしたわ。まさかあれほど手数のかかるたくらみをしようとは思っていなかったのよ。でも、ゾクゾクするほど楽しくもあったわ」

男「君があの男の目の中に深い憐憫を読みとった。それもあの男のお芝居だったんだね。そのお芝居で、君に第一ヒントをあたえたんだね。それで、次の第二ヒントは？」

女「紺色のオーバーの男」

男「同じ紺色のソフトをかむって、黒めがねをかけて、濃い口ひげをはやした」

女「その男を、あなたが最初にめっけたのね」

男「うん、なにしろ僕は君のうちの居候で、君たち夫婦のお抱え道化師で、それから第三に売れない絵かきだったんだからね。ひまがあるから町をぶらつくことも多い。紺オーバーの男が君のうちのまわりをウロウロしているのを、第一に気づいたのも僕だし、角の喫茶店で、その紺オーバーが、君のうちの家族のことや間取りなんかまで、根ほり葉ほりたずねていたということを、喫茶店のマダムから聞き出して、君に教えてやったのも僕だからね」

女「あたしもその男に出会った。勝手口のくぐり門の外で一度、表門のわきで二度。紺のダブダブのオーバーのポケットに両手を突っ込んで、影のように立っていた。なにかまがまがしい影のように突っ立っていた」

男「最初はどろぼうかもしれないと思ったんだね。近所の女中さんなんかも、そいつの姿を見かけて、注意してくれた」

女「ところが、それはどろぼうよりも、もっと恐ろしいものだったわね。斎藤の憐憫の涙を見た時、あたしのまぶたに、パッとその紺オーバーの男がうかんで来たのよ。これが第二ヒント」

男「そして、第三ヒントは探偵小説と来るんだろう」

女「そうよ。あなたが、あたしたちのあいだに、はやらせた探偵趣味よ。斎藤もあたしも、もともとそういう趣味がなかったわけではないわ。でも、あんなに理窟（りくつ）っぽくクネクネと、トリックなんかを考えるようになったのは、あなたのせいよ。あの頃は少し下火になっていたけれど、半年ほど前は絶頂だったわね。あたしたち毎晩、犯罪のトリックの話ばかりしていた。中でも斎藤は夢中だったわ」

男「その頃、あの男の考え出した最上のトリックというのが……」

女「そう、一人二役よ。あの時の研究では、一人二役のトリックにはずいぶんいろんな種類があったわね。あなた表を作ったでしょう。今でも持っているんじゃない？」

男「そんなもの残ってやしない。しかし覚えているよ。一人二役の類別は三十三種さ。三十三のちがった型があるんだ」

女「斎藤はその三十三種のうち、架空の人物を作り出すトリックが第一だという説だったわね」

男「たとえば一つの殺人をもくろむとする。出来るならば実行の一年以上も前から、犯人はもう一人の自分を作っておく。つけひげ、めがね、服装などによる、ごく簡単な、しかし巧妙な変装をして、遠くはなれた別の家に別の人物となって住み、その架空の人物を充分世間に見せびらかしておく。つまり二重生活だね。ほんものの方が仕事と称して外出している時間には、架空の方が自宅にいる。架空の方は何か夜間の勤めをしていると見せかけ、その出勤時間にはほんものが自宅にいる。時々どちらかに旅行でもさせれば、このごまかしはずっと楽になるわけだね。そして、最好の時期を見て、架空の方が殺人をやるんだが、その直前直後に自分の姿を二、三人の人に見せて、犯人は架空の人物にちがいないと思いこませる。いよいよ目的をはたしたら、そのまま架空の方を消してしまう。変装の品々は焼き捨てるか、おもりをつけて川の底にでも沈める。架空の方の住宅へはいつまでたっても主人が帰って来ない。杳として行方を知らずというわけだね。そして、ほんものの方は何くわぬ顔で今まで通りの生活をつづける。もともとこの世に存在しない人間の犯罪だから、犯人の探しようがない。いわゆる完全犯罪というやつだね」

女「あの人はこれがあらゆる犯罪トリックのうちで最上のものだと、恐ろしいほど熱中して話したわね。あたしたちすっかり説きふせられてしまったでしょう。ですから、あたし、あの架空犯人のトリックのことは、ずうっと忘れないでいたのよ。それに、もう一つ日記帳ってものがあったの。あの人はあたしが探し出すことを、ちゃんと予想して、自分の日記帳をかくしていた。ひどくむずかしい場所にかくしたものよ。でも、もともとあたしに見せるための日記だから、心の底の秘密は書いていない。あとでわかったあの女のことだって、一行も書いてないのよ」
男「見せ消しというやつだね。見せ消しというのは校訂家の使う言葉なんだが、昔の文書などに元の字が読めるように、線だけで消したのがある。読めば読めるんだね。われわれの手紙だってよくあるよ。わざと見えるように消しておいて、そこに実はいちばん相手に読ませたいことが書いてある。あの男の日記帳はその見せ消しだよ。見せかくしかね」
女「で、あたしその日記帳を読んだのよ。すると、長い論文が書いてあった。架空犯人トリックの論文なのよ。うまく書いてあったわ。この世にまったく存在しない人間を作り出す興味。あの人、文章がうまかったわね」
男「わかったよ。懐古調はよして、先をつづける」
女「ウフ、そこで三つのヒントがそろったわけね。憐れみの涙、紺オーバーの怪人物、架空殺人トリックの讃美。でも、もう一つ第四のヒントがなくては完成しない。それは動機だわ。動機はあの女だった。それをあの人は日記にさえ書かなかった。そこまで書いてしまっては、まったくお芝居になって、スリルがうすらぐからよ。なんて憎らしい用心深さでしょう……女のことはあなたが教えてくれたわね。でも、あたし、うすうすは感づいていた。あの人の目の奥に若い女がチラチラしていた。それから、ベッドの中で抱き合っていると、あたしでない女のにおいが、あの人のからだから、ほのかに漂って来た……」

男「そこまで……それでつまり、その四つのヒントを結び合わせると、あの男のお芝居の筋はこういうことになるんだね。いわゆる見せ消しで、君にその女の存在をさとらせ、同時に憐憫の涙を流し、可哀そうだが、あの女といっしょになるためには、君がじゃまになる。しかし、君と別れることは、生活能力のない斎藤にしてみれば、たちまち食えなくなることだから、それは出来ない。――あの男は友達の事業を手伝うのだといって、毎日出勤していたが、たいして俸給がはいるわけでもなかった。いわば退屈しのぎだった。――君は斎藤と正式に結婚したけれども、財産は手放さなかった。戦後成金だった君の亡くなったお父さんに譲られた財産は、君自身のものとして頑固に守っていた。夫婦の共有財産にはしなかった。あの男は君から莫大なお小遣いをせしめていたが、財産の元金には一指も触れることを許されなかった。そこで、この財産を君の意志に反して、別の女との享楽に使おうとすれば、君を殺すよりない。そうすれば正式に結婚しているのだし、君には身よりもないのだから、全財産があの男にころがりこむ。これが動機だ」

女「むろん、スリル遊戯の動機という意味ね」

男「そうだよ。しかし、真実の犯罪としても、申し分のない動機だ。そして、殺人手段は彼の讃美する架空犯人の製造……まず紺オーバーの男を充分見せつけておいて、その姿で君の寝室にしのびこみ、君を殺した上、架空の犯人を永遠にこの世から消してしまう。そして、入れちがいにもとの斎藤にもどって来る。君の死体を見て大騒ぎをやる。という順序なんだね」

女「ええ、そういうふうにあたしに思いこませ、こわがらせ、お互いにスリルを味わって楽しもうとしたわけね。子供の探偵ごっこの少し手のこんだぐらいのものだわ。でも、もしあたしがあの人の遊戯心を信じなかったとしたら、そして、ほんとうに殺意があると感じたら、これは恐ろしいスリルだわ。あの人はそこを狙ったのよ。子供の探偵ごっこよりは、ずっとこわいものを狙ったのよ」

男「子供の探偵ごっこだって、ばかにならないぜ。僕は十二、三の時、探偵ごっこをやっていて、年上の女の子といっしょに、暗い納屋の中にかくれていて、その女の子からいどまれたことがある。可愛らしい女の子が、ここでいえないような変な恰好をしたんだよ、あんな恐ろしいことはなかった。生きるか死ぬかの恐ろしさだった」

女「枝道へはいっちゃいけないわ。で、今まであたしたちが話し合った全部のことを、その晩、斎藤の涙にふくれ上がった目をのぞきこんだ瞬間、一秒ぐらいのあいだに、ちゃんと考えてしまったのよ。あれだけの出来事を思い出して、論理的に組み合わせる。それが一秒間で出来るんだわ。人間の頭の働きって、ほんとうに不思議なものね。どういう仕掛けなのかしら。口で話せば三十分もかかることが、一秒間に考えられるなんて」

男「だがね、それでどういうことになるんだい。ほんとうに君を殺す気なら、ちゃんと幕切れがあるわけだが、まったくお芝居だとすると、いつまでもケリがつかないじゃないか。ただ紺オーバーの男でおどかすだけで、おしまいなのかい」

女「そうじゃないわ。これはあたしの想像にすぎないけれど、ケリはつくのよ。紺オーバーの男は窓かなんかから忍びこんであたしの寝室にはいってくるのよ。そして、あたしに悲鳴をあげさせ、あたしがどんなはげしいスリルを感じるか、ながめてやろうというわけよ。そのあとで、まだ架空の人物のまま、あたしのベッドにはいる。他人に化けて自分の妻のベッドにはいる……」

男「悪趣味(あくしゅみ)だね」

女「そうよ。あの人はそういう悪趣味の人よ。でなければこんな変てこなスリル遊戯なんか思いつきやしないわ」

男「……ところが、結果はまるでちがったことになったね」

女「そう……もうこのあとは冗談ではないわ……こわかった。あたし今でもこわい」

男「僕だって、これからあとの話は、あまりいい気持がしないね。しかし、話してしまおう。この無人境の崖の上で、一度だけおさらいをしよう。そうすれば、君だって、いくらか気分が軽くなるかも知れないぜ」

女「ええ、あたしもそう思うの……その晩から日を置いて三度、同じようなことがあったのよ。そして、頬をくっつけて涙を流すあの人の泣き方が、だんだんはげしくなるばかりなの……おやッ変だなと思うことが、幾度もあった。あたし、そのたびに、急いで顔をはなして、あの人の目の奥をのぞいたけれども、もうわからなかった。ただ邪推よ。あたしは恐ろしい邪推をしたのよ」

男「あの男がほんとうに君を殺すと思ったんだね」

女「ふと、あの人の目が、こう云ってるように見えたのよ。――俺は架空の人物を作って、おまえにスリルを味わわせようとたくらんでいる。はじめはそのつもりだった。しかし、今ではもう、これがお芝居で終わるかどうか、俺にも判断がつかなくなった。俺はほんとうにお前を殺しても、まったく安全なんだ。そして、お前の財産が俺のものになるのだ。俺はその魅力に負けてしまうかも知れない。実をいうと、俺はお前よりもあの女の方が何倍も愛している。可哀そうだ。お前が可哀そうでたまらない。

――あの人がそんなふうに、声をふりしぼって、泣き叫んでいるようにさえ感じられた。あの人の目から涙がとめどもなくあふれた。それがゴクゴクとあたしの喉へ流れこんで来た。あの人とあたしの、てんでの妄想（もうそう）が、まっ暗な空間でもつれあって、ごっちゃになって、あたしはもう、どうしていいのかわけがわからなくなってしまった」

男「僕に相談をかけたのは、その頃なんだね」

女「そうよ。今云った不安を、あなたにうちあけたわね。すると、あなたは、君の思いすごしだ、そんなばかなことがあるものかと、あたしを笑ったわ。でも、笑っているあなたの目の奥に、チラッと疑いの影があった。あなたも、もしかしたらと、一抹（いちまつ）の不安を感じていることが、あたしにはよくわかったのよ」

男「しかし、僕はあの時、そういう不安を意識してはいなかったね。君のような千里眼（せんりがん）にかかっちゃかなわない。相手の無意識の中までさぐり出すんだからね」

女「あたし、あの人の目を見るのがこわくなった。また、こちらがこわがっていることを、あの人に悟られるのが恐ろしかった。そして、とうとう、ピストルのことまで気を廻すようになった……ある夕方、門のそとで、また紺オーバーの男に出会ったのよ。あの男はいつも夕方か夜しか姿をあらわさなかった。変装を見破られることをおそれたのだわ。その時も、うすぐらくて、はっきり見えなかったけれど、あの男があたしを見て、ニヤッと笑ったような気がしたのよ。斎藤の変装ということがわかっていても、あたしゾーッとしないではいられなかった。そして、その刹那(せつな)、なぜかハッとピストルのことを思い出したのよ。あの人の書斎の机のひきだしにかくしてあるピストルのことを」

男「ピストルのことは僕も知っていた。あの男は禁令を破って、こっそりとピストルを手に入れていたね。いつも実弾(じつだん)をこめて、ひきだしの底の方にしまってあった。別に何に使おうというのじゃない。ただ手にはいったから持っているんだと云っていた」

女「あたし、そのピストルを、紺オーバーの男が、いつも身につけているんじゃないかと思って、ギョッとしたのよ。それで、あわてて書斎にとびこんで、ひきだしをあけて見ると、ピストルはちゃんと元の場所にあった。あたし一時はホッとしたけれど、すぐ、あの人が架空の犯人に斎藤の持ち物であるこのピストルを持たせるような、間抜けなことをするはずがないと気づいた。紺オーバーの男は別のピストルを手に入れたかも知れない。もっとほかの兇器を用意しているかも知れない。ピストルが元の場所にあったからといって、決して油断はできない。そう考えると、あたしはいよいよ不安になった」

男「そこで、君はあのピストルを、自分で持っていようと決心したんだね」
女「ええ、その方がいくらか安心だと思ったの。それで、あたし、ピストルを自分の部屋にうつして、夜はベッドの中へ持ってはいることにしたのよ」
男「悪いものがあったねえ。あれさえなければ……」
女「あたし、あなたにたずねたわね。紺オーバーの男が、あたしの寝室へはいって来たとして、その時あたしがピストルであの男をうったら、どんな罪になるでしょうかって」
男「そうだったね。僕はあの時、見知らぬ男が暴力で屋内に侵入して、寝室にまで踏みこんで来たら、男の方に危害を加える意志がなかったとしても、正当防衛は成り立つ。たとえ相手をうち殺しても、罪にはならないと答えた。事実それにちがいないんだが、今から考えると悪いことを言った」
女「そして、とうとうあの男がやって来た。もう来るかもう来るかと、斎藤の不在の夜は、それはっかり待っていたほどよ。十二時すぎ、あの男は塀をのりこえ、廊下の窓からしのびこんで、足音も立てないで、あたしの寝室のドアをひらいた。紺オーバーを着たまま、ソフトをかぶったまま、黒めがねと濃い口ひげが、たびたび出会ったあの男にちがいなかった。あたしは目をつむって寝たふりをしながら、まつげのすきまから、じっと男を見ていた。ピストルはいつでもうてるように、ふとんの中でにぎりしめていた」

男「…………」

女「あたし、心臓が破れそうだった。早くピストルがうちたかった。でも、じっと我慢して、まつげのすきまから見ていた……あの男は両手をオーバーのポケットに突っ込んだまま、ヌーッと立っていた。あたしが寝たふりをしているのを、ちゃんと見抜いているようだった。そのにらみ合いが、まる一時間もつづいたような気がした。あたしは、いきなりベッドから飛びおりて、ギャーッと叫びながら、逃げ出したいのを、歯をくいしばって、こらえていた」

男「…………」

女「とうとう、あの男は、大またにベッドに近づいて来た。電気スタンドの笠の蔭（かげ）になっていたけれど、あの男の顔が大きく、はっきり見えた。器用に変装していても、あたしには、斎藤だということが、はっきりわかった……あの男は黒めがねの中で笑っているように見えた。そして、いきなりベッドの上に上半身をまげて、おそいかかって来た。その時、あの短刀は、ふとんの襟（えり）が邪魔になって見えなかったけれど、あたしはもう無我夢中（むがむちゅう）だった。あたしはふとんの中からソッとピストルの先を出して、男の胸にむけていきなり引金をひいた……あたし、ピストルを突きつけながら、問答するなんて、そんな余裕はとてもなかったわ。もう、うちたくって、うちたくって、気が狂いそうだった……ピストルの音をきいて、あなたと女中がかけつけた時には、あの男は胸をうたれて息がたえていたし、あたしはベッドの上に気を失っていたのね」

男「僕は最初、何がなんだかわからなかった。しかし、ちょっとのまに、やっぱりそうだったのかと悟った。あの男の死骸のそばに、抜きはなった短刀がおちていた」

女「警察の人たちが来た。それから、あたしは検察庁へ呼ばれた。あなたも呼ばれたわね。あたしは少しも隠さないでほんとのことを云った。検事はあたしたちの遊戯三昧の生活を非難して、長いお説教をした。そして、あたしは不起訴になった。短刀があったので、あの男の殺意を疑うことが出来なかったのだわ。それから、あたしは病気になるようなこともなく、あの人の葬式も無事にすませ、一と月ほど家に閉じこもっていた。あなたが毎日慰めてくれたわね。身よりもないし、親友もないし、あたし、あなた一人がたよりだったわ……それから、斎藤の女のことも、あなたがちゃんとケリをつけてくれた」

男「あれからやがて一年になる。君と正式に結婚の手続をしてからでも五カ月だ……さあ、ポツポツ帰ろうか」

女「まだお話があるのよ」

男「まだ？　もうすっかり、おさらいをすませたじゃないか」

女「でも、今まで話したことは、ほんのうわっつらだわ」

男「え、うわっつらだって？　あれほど心の底をさぐるような分析をしてもかい？」

女「いつでも、真にほんとうのことってのは、一ばん奥の方にあるわよ。その奥の方のことは、まだあたしたち話さなかった」

男「なにを考えてるのか知らないが、君は少し神経衰弱じゃないのかい」

女「あなた、怖いの？」

男の目がスーッと澄んだように見えた。しかし、表情はほとんど変わらなかった。身動きさえしなかった。女はお喋りの昂奮で、ほの赤く上気していた。目がギラギラ光り、唇のすみがキュッとあがって、意地わるな微笑が浮かんでいた。

女「他人の心を自分の思うままに動かして、一つの重罪を犯させるということが出来たら、その人にとっては、実に愉快だろうと思うわ。心をそういうふうに動かされた方では、自分たちがその人の傀儡だということを少しも気づいていないんだから、これほど完全な犯罪はないわ。これこそ正真正銘の完全犯罪じゃないかしら」

男「君は何を云おうとしているの？」

女「あなたがそういう人形使いの魔術師だってことを、云おうとしているの。でも、あなたを摘発しようなんて云うんじゃないわ。悪魔が二人、額をよせてニヤニヤ笑いながら、お互いの悪だくみの深さを嘉し合う、あれね。そういう意味で、もっとお互いの心の中をさらけ出したいのよ。あなたの云う露出狂だわね」

男「オイ、よさないか。僕は露出狂なんかには興味がない」

女「やっぱり、あなたは怖がっているのね。でも、話しかけたのを、このままよしてしまっては、もっとあと味がわるいでしょう。話すわ……亡くなった斎藤に探偵趣味を吹きこんだのは、あなただったわね。斎藤にはもともとその素質があった。ですから、あなたにとっては絶好の傀儡だったのよ。そして、あなたは、あの人を犯罪手段の研究に熱中させ、架空犯人のトリックに心酔させてしまった。むろん斎藤の方で夢中になったんだけれど、あなたは実に微妙な技巧で、斎藤の物の考え方をその方向に導いて行ったのよ。話術でしょうか。いや、話術よりももっと奥のものね。あなたはそれで斎藤を自由に扱いこなした……女が出来たのは、あなたのせいじゃない。斎藤が勝手に作ったんだけれど、それは道楽者の斎藤のことだから、いつだって起こりうることだったわ。あなたはそれをうまく利用したのよ」

男「…………」

女「架空犯人のトリックとあの女とを結びつけて、あたしたち夫婦のあいだのスリル遊戯を思いつくことだって、むろんあなたの力が働いていた。斎藤はそういう突飛なことを実行して喜ぶような性格なんだから、あなたがちょっと一こと二こと、それとない暗示を与えさえすればよかったのよ。斎藤には少しも気づかれない言葉で、しかし暗示としては恐ろしい力を持つような言葉で」

男「想像はどうにでもできる。そんな想像をするのは、君自身が途方もない悪人だということを証拠だてるばかりだ」

女「そうよ。悪人だから、悪人の気持がわかるのよ。あなたは、斎藤が思うつぼにはまって、紺オーバーの男に化けて、うちのまわりをうろつき出した時、まっ先にそれを見つけたでしょう。そして、あたしに知らせてくれたわね。あたし、その時はまだ気づかなかったけれど、あとになって思い出して見ると、あなたの目は喜びの色を隠すことが出来なかったのね。あの目の意味は、ただ怪しい男を見つけたというだけのものじゃなかった。してやった、うまく行ったという歓喜が、今から考えると、あなたの目の中に、まるで裸みたいに、さらけ出されていたわ。あたしには斎藤の涙を分析したり、架空犯人のトリックを思い出したりしなければ、判断できなかったことが、計画者のあなたには、最初からちゃんとわかっていたのだわ」

男「もうよそう。ね、もうよそう」

女「もう少しよ。もう少し云うことがあるのよ……お芝居がいつのまにか本気になって、斎藤はあたしを殺すのじゃないかと思った。それから、ピストルを手にいれて、あなたにその事を相談した。すると、あなたは芯からのように、そんなばかなことがあるものかと打ち消しながら、目の奥に不安の色を漂わせて見せた。その上、万一ピストルで相手を殺しても、正当防衛で罪にならないということをはっきりあたしにのみこませた……これでもう、あなたは成り行きを眺めていさえすればよかったのだわ。殺人は起こるかも知れない。起こらないかも知れない。でも、起こらなかったとしても、あなたは別に損をするわけではない。もしあたしがピストルをうち、斎藤が死ねば、すっかりあなたの思う壺。なんてうまい考えでしょう。あたしたちがよく犯罪トリックのことを話し合った頃、プロバビリティーの犯罪というのが問題になったわね。可能性は充分あるけれども、必ず目的を達するかどうかはわからない。それは運命にまかせるという、あの一等ずるい、一等安全な方法よ。失敗しても、犯人はこれっぽちも疑われる心配はないんだから、何度だって、ちがった企みをくり返すことが出来る。そうしているうちには、いつか目的を達する時が来る。そして、目的を達しても、犯人は絶対に疑われることがない……あなたのプロバビリティーの犯罪は、斎藤の架空犯人の思いつきなんかより、一枚も二枚もうわ手だったわ」

男「僕は怒るよ。君は妄想にとりつかれているんだ。頭が変になっているんだ。……僕は一人で先に帰るよ」

女「あなたの額、汗でビッショリよ。気分わるいの？　……あの時、ピストルの引金をひいた時、あたし斎藤が短刀を持っていることは知らなかった。とっさに、首をしめにくるのじゃないかとも思ったし、そうでなくて、ただ、あたしを抱くばかりかとも思った。ほんとうのことは、わからなかったのよ。それでも、あたし引金をひいてしまった……ほんとうは、ずっと前から、心の底の方であなたを愛していたからよ。あなたにはそれはわかっていたはずだわ……そして、引金をひいたまま気を失ってしまった。短刀は意識をとりもどした時に、はじめて見たのよ。ですから、あの短刀は斎藤がオーバーのポケットに入れていたとも考えられるし、また、あなたが、あらかじめ用意しておいた斎藤の短刀を持ちこんで、死んだ斎藤の指紋をつけてあすこに放り出しておいたとも考えられるわね。なぜって、ピストルの音をきいてまっ先にかけつけたのは、あなただったし、それから斎藤が短刀を持っていたとすれば、正当防衛の口実が一そう完全になるからだわ。あなたは斎藤が殺されることは望んでいたけれど、あたしが罪におちては困る。あたしを助けるためには、どんなことでもしなければばならなかったのだわ」

男「おどろいた。よくもそこまで妄想をめぐらすもんだね。ハハハハハ」

女「だめよ、笑って見せようとしたって。まるでいつもの声とちがうじゃありませんか。泣いているみたいだわ……なにをそんなに怖がっているの、これはここだけの話よ。たとえ全く危険のないプロバビリティーの犯罪にもせよ、そういう恐ろしい企みまでして、あたしを手に入れようとしたあなたを、あたしは決して裏切りやしないわ。しんそこから愛しているわ。このことは二人のあいだの永久の秘密にしておきましょうね。あたしはただ、一度だけはほんとうのことを話し合っておきたいと思ったばかりよ」

男は無言のまま、妄想狂のお相手はごめんだと云わぬばかりに、自然石のベンチから立ちあがった。それにつれて、女も立ち、帰りみちとは反対の、崖ばなの方へ、ゆっくり歩いて行った。男は何かおずおずしながら、二、三歩あとから、女について行く。

女は崖っぷち二尺ほどの所まで進んで、そこに立ちどまった。遙か下方に幽《かす》かに渓流の音がしている。しかし渓流そのものは見えない。谷の底には薄黒いモヤがたてこめ、その深さは何十丈とも知れなかった。

女は谷の方を向いたまま、うしろの男に話しかけた。

女「あたしたち、今日はほんとうのことばかり話したわね。こんなほんとうのことって、めったに話せるものじゃないわ。あたし、なんだかせいせいした……でも、一つだけ、まだ話さなかったことが残っているわ。その最後のほんとうのことを云って見ましょうか……あなたの顔を見ないで云うわね……あたしは裸のあなたを愛していたのに、あなたはあたしとお金とを愛していたのでしょう。そして、今ではあたしを愛しないで、あたしの持っているお金だけを愛しているのでしょう。それがあたしにはよくわかるのよ。あなたの目の中が読めるのよ。そして、あたしがそれにかんづいたということを、あなたの方でも知っているんだわ。ですから、今日こんな淋しい崖の上へ、あたしを誘い出したんだわ……あなたはあたしを愛さなくなっても、あたしと離れることができない。斎藤と同じように、あなたも生活能力のない男だから。すると、あなたにできることは、たった一つしか残っていないわね……斎藤の故智（こち）にならって、あたしを無きものにする。そうすれば、あたしの全部の財産が夫であるあなたのものになる……あたし、あなたに別の愛人が出来ていることを、そして、今ではあなたはあたしを憎んでいることを、とうから知っていたのよ」

　うしろから、ハッハッという男のはげしい息づかいが聞こえて来た。男のからだがソーッとこちらへ迫って来るのが感じられた。女はいよいよその時が来たのだと思った。

背中に男の両手がさわった。その手は小きざみに烈しくふるえていた。そして、ググッと恐ろしい力で女の背中を押して来た。

女はその力にさからわず、柔かくからだを二つに折るようにして、パッと傍らに身を引いた。

男は力余ってタタッと前に泳いだ。死にものぐるいに踏みとどまろうとした最後の一歩の下には、もう地面がなかった。男のからだ全体が、棒のように横倒しになったまま、スーッと下へおちて行った。

今まで少しも気づかなかった小鳥の声が、やかましく女の耳にはいって来た。渓流のしもての広く開けた空を、そこにむらがる雲を、入り陽がまっ赤に染めていた。ハッとするほど雄大な、美しい夕焼けがあった。

女は茫然と岩頭に立ちつくしていたが、やがて、何かつぶやきはじめた。

女「また正当防衛だった。でも、これはどういうことなのかしら。一年前に、あたしを殺そうとしたのは斎藤だった。そのくせ、殺されたのはあたしでなくて、斎藤の方だった。今度も、あたしを突き落とそうとしたのは、彼だった。そのくせ、崖から落ちて行ったのは、あたしでなくて、彼の方だった。……正当防衛って妙なものだわ。両方とも、ほんとうの犯人はこのあたしだったのに、法律はあたしを罰しない。世間もあたしを疑わない。こんなずるいやり方を考えつくなんて、あたしはよくよくの毒婦なんだわね……あたしはこの先まだ、幾度正当防衛をやるかわからない。絶対罪にならないで、幾人ひとを殺すかもわからない……」

夕陽は大空を焼き、断崖の岩肌を血の色に染め、そのうしろの鬱蒼たる森林を焔と燃え立たせていた。岩頭にポッツリと立つ女の姿は、小さく小さく、人形のように可愛らしく、その美しい顔は桃色に上気し、つぶらな目は、大空を映して異様に輝いて見えた。

女はそのままの姿勢で、大自然の微妙な、精巧な飾装物のように、いつまでも、身動きさえしなかつた。

（『宝石』昭和二十五年六月号）

兇器

（1）

「アッ、助けて！　という金切り声がしたかと思うと、ガチャンと大きな音がきこえ、カリカリとガラスのわれるのがわかったって云います。主人がいきなり飛んで行って、細君(さいくん)の部屋の襖(ふすま)をあけて見ると、細君の美禰子(みねこ)があけに染まって倒れていたのです。

「傷は左腕の肩に近いところで、傷口がパックリわれて、血がドクドク流れていたそうです。さいわい動脈をはずれたので、吹き出すほどでありませんが、ともかく非常な出血ですから、主人はすぐ近所の医者を呼んで手当てをした上、署へ電話をかけたというのです。捜査の木下(きのした)君と私が出向いて、事情を聴きました。

「何者かが、窓をまたいで、部屋にはいり、うしろ向きになっていた美禰子を、短刀で刺して逃げ出したのですね。逃げるとき、窓のガラス戸にぶつかったので、その一枚がはずれて外に落ち、ガラスがわれたのです。

「窓のそとには一間幅(けんはば)ぐらいの狭い空地があって、すぐコンクリートの万年塀(まんねんべい)なのです。コンクリートの板を横に並べた組み立て式の塀ですね。そのそとは住田(すみだ)町の淋しい通りです。私たちは万年塀のうちとそとを、懐中電燈でしらべて見たのですが、ハッキリした足跡もなく、これという発見はありませんでした。

「それから、主人の佐藤寅雄(さとうとらお)――三十五歳のアプレ(注8)成金(なりきん)です。少し英語が喋(しゃべ)れるので、アメリカ軍に親しくなっていろいろな品を納入して儲(もう)けたらしいのですね。今はこれという商売もしないで遊んでいるのです。しかし、なかなか利口な男で、看板を出さない金融のようなことをやって財産をふやしているらしいのですがね――その佐藤寅雄とさし向かいで、聞いて見たのですが、細君の美禰子は二十七歳です。新潟生まれの美しい女で、キャバレーなんかにも勤めたことがあり、まあ多情者(たじょうもの)なんですね。いろいろ男関係があって、佐藤と結婚するすぐ前の男が執念ぶかく美禰子につきまとっているし、もう一人あやしいのがある。犯人はそのどちらかにちがいないと、佐藤が云うのです。

「私は警察にはいってから五年ですが、仕事の上では、あんな魅力のある女に出会ったことがありませんね。佐藤はひどく惚れこんで、それまで同棲していた男から奪うようにして結婚したらしいのです。その前の男というのは、関根五郎(せきねごろう)というコック――コックと云っても相当年季(ねんき)を入れた腕のあるフランス料理のコックですが、これと同棲していたのを、佐藤が金に物を云わせて手に入れたのですね。

「もう一人の容疑者は青木茂(あおきしげる)という不良青年です。美禰子はこの青年とも以前に関係があって、青木の方が惚れているのですね。佐藤と結婚してからは、美禰子は逃げているのに、青木がつきまとって離れないのだそうです。不良のことですから、あつかましく佐藤のうちへ押しかけて来たり、脅迫がましいことを口走ったりして、うるさくて仕方がないというのです。

「この青木は見かけは貴族の坊ちゃんのような美青年ですが、相当なやつで、中川一家というグレン隊の仲間で、警察の厄介になったこともあるのです。これが、美禰子に愛想づかしをされたものだから、近頃では凄いおどし文句などを送ってよこすらしく、美禰子は『殺されるかも知れない』といって怖がっていたと云います。

「主人の佐藤は、この二人のほかには心当たりはない。やつらのどちらかにきまっている。美禰子はうしろからやられて、相手の顔を見なかったし、ふりむいたときには、もう窓から飛び出して、暗やみに姿を消していたので、服装さえもハッキリわからなかったが、やっぱり、その二人のうちのどちらかだと云っている。それにちがいないと断言するのです。そこで、私はこの二人に当たって見ました。……いや、その前にちょっとお耳に入れておくことがあります。いつも先生は『その場にふさわしくないような変てこなことがあったら、たとい事件に無関係に見えても、よく記憶しておくのだ』とおっしゃる、まあそういったことですがね。

「医者が来て美禰子の手当てがすみ、別室に寝させてから、主人の佐藤は事件のあった部屋を念入りに調べたのだそうです。刃物を探したのですよ。美禰子の刺された刃物は普通の短刀ではなくて、どうも両刃の風変わりな兇器らしいのですが、それは探したけれども、どこにもなかったというのです。

「私が、その辺にころがっていなければ、むろん犯人が持って逃げたにきまっているじゃないか、なにもそんなに探さなくてもと云いますと、いやそうじゃない。これは、ひょっとしたら美禰子のお芝居かも知れない。あいつは恐ろしく変わり者のヒステリー女だから、何をやるか知れたものじゃない。だから念のために、刃物がどこかに隠してないか調べて見たのだというのです。

「しかし、美禰子のいた部屋の押入れや箪笥を調べても、鋏一挺、針一本見つからなかった。庭にも何も落ちていなかった。そこで初めて、これは何者かが外から忍びこんだものだと確信したというのです」

「面白いね。それには何か意味がありそうだね」

アームチェアに埋まるようにして話を聞いていた明智小五郎が、モジャモジャ頭に指を突っ込んで、合槌を打った。

この名探偵はもう五十を越していたけれど、昔といっこう変わらなかった。顔が少し長くなり、長くて痩せた手足と一そうよく調和してきたほかには、これという変化もなく、頭の毛もまだフサフサとしていた。

(2)

明智小五郎はお洒落（しゃれ）と見えないお洒落だった。顔はいつもきれいにあたっていたし、服も彼一流の好みで、凝った仕立てのものを、いかにも無造作（むぞうさ）に着こなしていた。頭の毛を昔に変わらずモジャモジャさせているのも、いわば彼のお洒落の一つであった。

ここは明智が借りているフラットの客間であった。麹町采女町（こうじまちうねめちょう）に東京唯一の西洋風な「麹町アパート」が建ったとき、明智はその二階の一区劃（くかく）を借りて、事務所兼住宅にした。アパートは帝国ホテルに似た外観の建築で、三階建てであった。明智の借りた一区劃には広い客間と、書斎と、寝室とのほかに、浴槽のある化粧室と、小さな台所がついていた。食堂を書斎に変えてしまったので、客と食事するときは近くのレストランを使うことにしていた。

明智夫人は胸を患（わず）らって、長いあいだ高原療養所にはいっているので、彼は独身同然であった。身のまわりのことや食事の世話は、少年助手の小林芳雄一人で取りしきっていた。手広いフラットに二人きりの暮らしであった。食事といっても、近くのレストランから運んで来たのを並べたり、パンを焼いたり、お茶をいれたりするだけで、少年の手におえぬことではない。

その客間で明智と対座しているのは、港区のS署の鑑識係りの巡査部長、庄司専太郎であった。一年ほど前から、署長の紹介で明智のところへ出入りするようになり、何か事件が起こると智恵を借りに来た。

「ところで佐藤がこの二人のうちどちらかにちがいないというコックの関根と、不良の青木に当たって見たのですが、どうも思わしくありません。両方ともアリバイははっきりしないのです。家にいなかったことは確かですが、と云って、現場附近をうろついたような聞き込みも、まだないのです。ちょっとおどかして見ましたが、二人とも、どうしてなかなかのしたたかもので、うかつなことは云いません」

「君の勘では、どちらなんだね」

「どうも青木がくさいですね。コックの関根は五十に近い年配で、細君はないけれども、婆さんを抱えていますからね。なかなか親孝行だって評判です。そこへ行くと青木と来たらまったく天下の風来坊です。それに仲間がいけない。人殺しなんか朝めし前の連中ですからね。それとなく口裏を引いて見ますとね、青木は確かに美禰子を恨んでいる。惚れこんでいただけに、こんな扱いを受けちゃ、我慢が出来ないというのでしょうね。ほんとうに殺すつもりだったのですよ。それが手先が狂って、叫び声を立てられたので、つい怖くなって逃げ出したのでしょう。関根ならあんなヘマはやりませんよ」

「二人の住まいは？」

「ごく近いのです。両方ともアパート住まいですが、関根は坂下町、青木は菊井町です。関根の方は佐藤のところへ三丁ぐらい。青木の方は五丁ぐらいです」

「兇器を探し出すこと、関根と青木のその夜の行動を、もう一歩突っ込んで調べること、これが常識的な線だね。しかし、そのほかに一つ、君にやってもらいたいことがある」

明智の眼が笑っていた。いたずらっ子のように笑っていた。庄司巡査部長はこの眼色には馴染みがあった。明智は彼だけが気づいている何か奇妙な着眼点に興じているのだ。

「犯人が逃げるとき、窓のガラス戸が庭に落ちて、ガラスが割れたんだね。そのガラスのかけらはどうしたの？」

「佐藤のうちの婆やが拾い集めていたようです」

「もう捨ててしまったかも知れないが、もしそのガラスのかけらを全部集めることができたら、何かの資料になる。一つやって見たまえ。ガラス戸の枠に残っているかけらと合わせて、復原して見るんだね」

明智の目はやっぱり笑っていた。庄司も明智の顔を見てニヤリと笑い返した。明智のいう意味が分かっているつもりであった。しかし、ほんとうは分かっていなかったのである。

×　　×　　×　　×

それから十日目の午後、庄司巡査部長はまた明智を訪問していた。

「もうご承知でしょう。大変なことになりました。佐藤寅雄が殺されたのです。犯人はコックの関根でした。たしかな証拠があるので、すぐ引っ張りました。警視庁で調べています。私もそれに立ち会って、今帰ったところです」

「ちょっとラジオで聴いたが、詳しいことは何も知らない。要点を話して下さい」

「私はゆうべ、その殺人現場に居合わせたのです。もう夜の九時をすぎていましたが、署から私の自宅に連絡があって、佐藤が、ぜひ話したいことがあるから、すぐ来てくれという電話をかけてきたことが分かったのです。私は何か耳よりな話でも聞けるかと、急いで佐藤の家に駈けつけました。

「主人の佐藤と美禰子とが、奥の座敷に待っていました。美禰子は二、三日前に、傷口を縫った糸を抜いてもらったと云って、もう外出もしている様子でした。二人とも浴衣姿でした。佐藤は気色ばんだ顔で『夕方配達された郵便物の中に、こんな手紙があったのを、つい今しがたまで気づかないでいたのです』といって、安物の封筒から、ザラ紙に書いた妙な手紙を出して見せました。

「それには、六月二十五日の夜（つまり昨夜ですね）どえらいことがおこるから、気をつけるがいいという文句が、実に下手な鉛筆の字で書いてありました。どうも左手で書いたらしいのですね。封筒もやはり鉛筆で同じ筆蹟でした。差出人の名はないのです。

「心当たりはないのかと訊くと、主人の佐藤は、筆蹟は変えているけれども、差出人は関根か青木のどちらかにきまっていると断言しました。それからね、実にずうずうしいじゃありませんか、やつらは二人とも、美禰子のお見舞いにやって来たそうですよ。もしどちらかが犯人だとすれば、大した度胸です。一と筋縄で行くやつじゃありませんか」

（3）

「そんなことを話しているうちに三十分ほどもたって、十時を少しすぎた頃でした。美禰子が『書斎にウイスキーがありましたわね、あれご馳走したら』と云う、佐藤が縁側の突き当たりにある洋室へ、それを取りに行きましたが、しばらく待っても帰って来ないので、美禰子は『きっと、どっかへしまい忘れたのですわ。ちょっと失礼』といって、主人のあとを追って、洋室へはいっていきました。

「私は部屋のはしの方に坐っていましたので、ちょっとからだを動かせば、縁側の突き当たりの洋室のドアが見えるのです。あいだに座敷が一つあって、その前を縁側が通っているので、私の坐っていたところから洋室のドアまでは五間も隔っていました。まさかあんなことになろうとは思いもよらないので、私はぼんやりと、そのドアの方を眺めていたのです。

「突然、『アッ、だれか来て……』という悲鳴が、洋室の方から聞こえて来ました。ドアがしまっているので、なんだかずっと遠方で叫んでいるような感じでした。私はそれを聞くと、ハッとして、いきなり洋室へ飛んで行ってドアをひらきましたが、中はまっ暗です。『スイッチはどこです』とどなっても、だれも答えません。私は壁のそれらしい場所を手さぐりして、やっとスイッチを探しあてて、それを押しました。

「電燈がつくと、すぐ目にはいったのは、正面の窓際に倒れている佐藤の姿でした。浴衣の胸がまっ赤に染まっています。美禰子も血だらけになって、夫のからだにすがりついていましたが、私を見ると、片手で窓を指さして、何かしきりと口を動かすのですが、恐ろしく昂奮しているので、何を云っているのかさっぱりわかりません。

「見ると、窓の押し上げ戸がひらいています。曲者はそこから逃げたにちがいありません。私はいきなり窓から飛び出して行きました。庭は大して広くありません。人の隠れるような大きな茂みもないのです。五、六間向こうに例のコンクリートの万年塀が白く見えていました。曲者はそれを乗り越して、いち早く逃げ去ったのでしょう。いくら探しても、その辺に人の姿はありませんでした。

「元の窓から洋室に戻りますと、私が飛び出すとき、入れちがいに駈けつけた婆やと女中が、美禰子を介抱していました。美禰子には別状ありません。ただ佐藤のからだにすがりついたので、浴衣が血まみれになっていたばかりです。佐藤のからだを調べて見ると、胸を深く刺されていて、もう脈がありません、私は電話室へ飛んで行って、署の宿直員に急報しました。

「しばらくすると、署長さんをはじめ五、六人の署員が駈けつけて来ました。それから、懐中電燈で庭を調べて見ると、窓から塀にかけて、犯人の足跡が幾つも、はっきりと残っていたのです。実に明瞭な靴跡でした。

「けさ、署のものが関根、青木のアパートへ行って、二人の靴を借り出して来ましたが、比べて見ると、関根の靴とピッタリ一致したのです。関根はちょうど犯行の時間に外出していて、アリバイがありません。それで、すぐに引っぱって、警視庁へつれて行ったのです」

「だが、関根は白状しないんだね」

「頑強に否定しています。佐藤や美禰子に恨みはある。幾晩も佐藤の邸のまわりを、うろついたこともある。しかしおれは何もしなかった。塀を乗りこえた覚えは決してない。犯人はほかにある。そいつがおれの靴を盗み出して、にせの足跡をつけこんだと云いはるのです」

「フン、にせの足跡ということも、むろん考えて見なければいけないね」

「しかし、関根には強い動機があります。そして、アリバイがないのです」

「青木の方のアリバイは?」

「それも一応当たって見ました。青木もその時分外出していて、やっぱりアリバイはありません」

「すると、青木が関根の靴をはいて、万年塀をのり越したという仮定もなり立つわけかね」

「それは調べました。関根は靴を一足しか持っていません。その靴をはいて犯行の時間には外出していたのですから、その同じ時間に青木が関根の靴をはくことはできません」

「それじゃあ、真犯人が関根の靴を盗んで、にせの足跡をつけたという関根の主張は、なり立たないわけだね」

明智の眼に例の異様な微笑が浮かんだ。そして、しばらく天井を見つめて、煙草をふかしていたが、ふと別の事を云い出した。

「君は、美禰子が傷つけられた時に割れた窓ガラスのかけらを集めて見なかった？」

「すっかり集めました。婆やが残りなく拾いとって、新聞紙にくるんで、ゴミ箱のそばへ置いておいたのです。それで、私はガラス戸に残っているガラスを抜き取って、そのかけらと一緒に復元して見ました。すると、妙なことがわかったのです。割れたガラスは三枚ですが、かけらをつぎ合わせて見ると、三枚は完全に復元できたのに、まだ余分のかけらが残っているのです。婆やに、前から庭にガラスのかけらが落ちていて、それがまじったのではないかと聞いて見ましたが、婆やは決してそんなことはない。庭は毎日掃(は)いているというのです」

「その余分のガラスは、どんな形だったね」

「たくさんのかけらに割れていましたが、つぎ合わせて見ると、長細い不規則な三角形になりました」

「ガラスの質は？」

「目で見たところでは、ガラス戸のものと同じようです」

明智はそこで又、しばらく黙っていた。しきりに煙草を喫(す)う、その煙を強く吐き出さないので、モヤモヤと顔の前に、煙幕(えんまく)のような白い煙がゆらいでいる。

(4)

明智小五郎と庄司巡査部長の会話がつづく。

「佐藤の傷口は美禰子のと似ていたんだね」

「そうです。やはり鋭い両刃の短刀らしいのです」

「その短刀はまだ発見されないのだろうね」

「見つかりません。関根はどこへ隠したのか、あいつのアパートには、いくら探しても無いのです」

「君は殺人のあった洋室の中を調べて見たんだろうね」

「調べました。しかし洋室にも兇器は残っていなかったのです」

「その洋室の家具なんかは、どんな風だったの？　一つ一つ思い出してごらん」

「大きな机、革張りの椅子が一つ、肘掛け椅子が二つ、西洋の土製の人形を飾った隅棚、大きな本箱、それから窓のそばに台があって、その上にでっかいガラスの金魚鉢がのっていました。佐藤は金魚が好きで、いつも書斎にそのガラス鉢を置いていたのです」

「金魚鉢の形は？」

「さし渡し一尺五寸ぐらいの丸いガラス鉢です。蓋はなくて、上はあけっぱなしです。よく見かける普通の金魚鉢のばかにでっかいやつですね」

「その中を、君はよく見ただろうね」

「いいえ、べつに……すき通ったガラス鉢ですから、兇器を隠せるような場所ではありません」

その時、明智は顔に右手をあげて、指を櫛のようにしてモジャモジャの髪の毛をかきまわしはじめた。庄司は明智のこの奇妙な癖が、どういう時に出るかを、よく知っていたので、びっくりして、彼の顔を見つめた。

「あの金魚鉢に何か意味があったのでしょうか」

「僕は時々空想家になるんだね。今妙なことを考えているのだよ……しかし、まったく根拠がないわけでもない」

明智はそこでグッと上半身を前に乗り出して、内証話でもするような恰好になった。

「実はね、庄司君、このあいだ君の話を聞いたあとで、うちの小林に、少しばかり聞きこみと尾行をやらせたんだがね、佐藤寅雄には美禰子の前に細君があったが、これは病気で亡くなっている。子供はない。そして、佐藤は非常な財産家だ。それから、君は今、青木が美弥子を見舞いに来たといったね。ちょうどそのとき、小林が青木を尾行していたんだよ。物蔭からのぞいていると、美禰子は青木を玄関に送り出して、そこで二人が何かヒソヒソ話をしていたというのだ。まるで恋人同士のようにね」

庄司は話のつづきを待っていたが、明智がそのまま黙ってしまったので、いよいよいぶかしげな顔になった。

「それと、金魚鉢とどういう関係があるのでしょうか」

「庄司君、もし僕の想像が当たっているとすると、これは実にふしぎな犯罪だよ。西洋の小説家がそういうことを空想したことはある。しかし、実際にはほとんど前例のない殺人事件だよ」

「わかりません。もう少し具体的におっしゃって下さい」

「それじゃあ問題の足跡のことを考えて見たまえ。あれが若しにせの靴跡だとすれば、必ずしも事件の起こったときにつけなくても、前もってつけておくことも出来たわけだね。それならば青木にだってやれたはずだ。すきを見て関根のアパートから靴を盗み出し、佐藤の庭に忍びこんで靴跡をつけ、また関根のところへ返しておくという手だよ。関根のアパートと佐藤の家とは三丁しか隔たっていないのだから、ごくわずかの時間でやれる。それに、たとい見つかったとしても、靴泥棒だけなれば大した罪じゃないからね。もう一つ突っ込んでいえば、にせの足跡をつけたのは、青木に限らない。もっとほかの人にもやれたわけだよ」

庄司巡査部長は、まだ明智の真意を悟ることが出来なかった。困惑した表情で明智の顔を見つめている。

「君は盲点に引っかかっているんだよ」

明智はニコニコ笑っていた。例の意味ありげな目だけの微笑が、顔じゅうにひろがったのだ。そして、右手に持っていた吸いさしの煙草を灰皿に入れると、そこにころがっていた鉛筆をとってメモの紙に何か書き出した。

「君に面白い謎（なぞ）の問題を出すよ。さあ、これだ。

「いいね。Oは円の中心だ。OAはこの円の半径だね。OA上のB点から垂直線（すいちょくせん）を下ろして円周にまじわった点がCだ。また、Oから垂直線を下ろしてOBCDという直角四辺形を作る。この図形の中で長さの分かっているのはABが三インチ、BDの斜線が七インチという二つだけだ。そこで、この円の直径は何インチかという問題だ。三十秒で答えてくれたまえ」

　庄司巡査部長は面くらった。昔、中学校で幾何（きか）を習ったことはあるが、もうすっかり忘れている。直径は半径の二倍だから、まずOAという半径の長さを見出せばよい。OAのうちでABが三インチなんだから、残るOBは何インチかという問題になる。もう一つ分かっているのはBDの七インチだ。このBDを底辺とする三角形が目につく、エート、底辺七インチのOBDという直角三角形の一辺は……

「だめだね。もう三十秒はとっくにすぎてしまったよ。

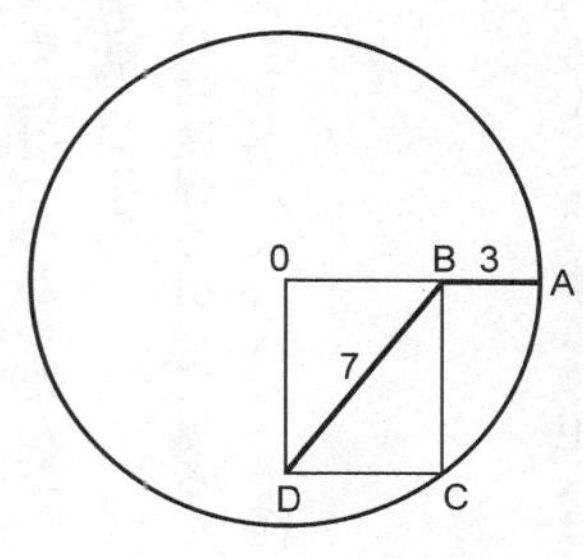

君はむずかしくして考えるからいけない。多分ＡＢの三インチに引っかかったんだろう。それに引っかかったら、もうおしまいだ。いくら考えても駄目だよ。

「この問題を解くのはわけない。いいかね、この図のＯからＣに直線を引いて見るんだ。ほうらね、分かっただろう。直角四辺形の対角線は相等し……。ハハハハハ。半径は七インチなんだよ。だから直径は十四インチさ」

「なるほど、こいつは面白い謎々ですね」

庄司は感心して図形を眺めている。

「庄司君、君は今度の事件でも、このＡＢ線にこだわっているんだよ。ずるい犯人はいつもＡＢ線を用意している。そして、捜査官をそれに引っかけようとしている。さあ、今度の事件のＡＢ線は何だろうね。よく考えて見たまえ」

(5)

庄司巡部長が三度目に明智のフラットを訪ねたのは、それから又三日の後であった。

「先生、ご明察の通りでした。美禰子は自白しました。佐藤の財産が目的だったのです。そして、財産を相続したら青木と一緒になるつもりだったというのです。美禰子の方が青木に惚れていたのですよ。それを青木に脅迫されているように見せかけて、佐藤を安心させておいたのです」

明智は沈んだ顔をしていた。いつもの笑顔も消えて、目は憂鬱(ゆううつ)な色にとざされていた。

「先生のおっしゃったAB線は、美禰子が自分で自分の腕を傷つけ、さも被害者であるように見せかけたことです。まさか被害者が犯人だとは誰も考えなかったのです。

「兇器は先生のお考えの通りガラスでした。長っ細い三角形のガラスの破片でした。美禰子はそれで自分の腕を切って、よく血のりをふきとってから庭に投げすてたのです。そして、窓のガラス戸を庭へつき落として、そのガラスのかけらで、兇器のガラスをカムフラージュしてしまったのです。そのガラスのかけらをすっかり集めて、丹念(たんねん)に復原して見る警官があろうとは、さすがの彼女も思い及ばなかったのですね。

「佐藤もなかなか抜け目のない男ですから、美禰子がほんとうに自分を愛してはいないことを見抜いていたのかも知れません。それで、あんなに兇器を探したのでしょうね。自分が殺されるとまでは考えなかったにしても、なんとなく疑わしく思っていたのですね。

「佐藤を殺した兇器もガラスでした。傷口へ折れ込まない用心でしょう。それは少し厚手のガラスで、やはり短刀のような長い三角形のものでした。佐藤に油断をさせておいて、それで胸を突き、血のりをよくふきとってから、例の金魚鉢の底へ沈めたのです。その時間は充分ありました。『だれか来て……』と叫んだのは、すべての手順を終わってからです。佐藤が殺されたとき、唸り声ぐらいは立てたのでしょうが、私の座っていた座敷からは遠いし、それに、厚いドアがしまっていたので私は気づかなかったのです。

「金魚鉢にガラスの兇器とは、なんとうまい思いつきでしょう。底に一枚ガラスが沈んでいたって、ちょっと見たのでは分かりません。物を探す場合、透明な金魚鉢なんか最初から問題にしませんし、それにガラスが短刀の代わりに使われたなんて、誰も考えっこありませんからね。先生がすぐにそこへお気づきになったのは、驚くほかありません。

「庭のにせの足跡も美禰子がつけたのです。傷口の糸を抜いた翌日、余りとじこもっていても、からだに悪いから、ちょっと散歩して来るといって、家を出たのだそうです。そして近くの関根のアパートへ行って、関根の靴を風呂敷に包んで持ち帰り、庭にあとをつけると、又アパートへ返しに行ったのです。美禰子は関根が朝寝坊なことを知っていて、寝ているひまに、これだけのことをやってのけたのです。前にも関根と同棲していたのですから、関根の生活はこまかいところまで知りぬいていたわけです。

「それから例の脅迫状も、美禰子が左手で書いて、自分でポストへ入れたのだと白状しました。この脅迫状は、一つは私を呼びよせて犯行の現場に立ち会わせるためだったのですね。ずいぶん舐められたものです。ガラスの兇器のトリックは、目撃者がなくては、その威力を発揮しないのですからね。

「それから青木もむろん呼び出して調べましたが、共犯関係はないことが分かりました。美禰子は恋人の青木には何も知らせないで、自分一人で計画し実行したのです。実に勝気な女です。美禰子は貧乏を呪っていました。自分は貧乏のためにどんなつらい思いをして来たかわからない。いろいろな男をわたり歩かなければならなかったのも貧乏のためだ。どんなことをしても貧乏とは縁を切りたいと思っていた。そこへ佐藤という大金持が現われたので、金のために結婚を承諾した。関根には借金をしていたので、いやいやながら同棲したが、ずいぶんひどい目にあった。逃げ出したくても隙がなく、すぐ腕力をふるうので、どうすることも出来なかった。佐藤がその借金を返してくれたので、やっと助かったが、関根にいじめられた復讐はいつかしてやろうと思っていたというのです。

「青木には佐藤と結婚する前から好意を持っていたが、結婚後、佐藤の目をかすめてだんだん深くなって行ったのだそうです。そうなると佐藤とはもう一日も一緒にいたくない。といって、離婚したのではお金に困る。貧乏はもうこりごりだ、というわけで、佐藤の財産をそのまま自分のものにして、好きな青木と一緒になるという、虫のいいことを思いついたのですね。そして、ガラスの殺人という、実に奇抜な方法を考え出したのです。女というものは怖いですね」

「僕の想像が当たった。実に突飛な想像だったが、世間にはそういう突飛なことを考え出して、実行までするやつがあるんだね」

明智は腕を組んで、陰気な顔をしていた。あれほど好きな煙草も手にとるのを忘れているように見えた。

「ですから、先生もふしぎな人ですよ。ふしぎな犯罪は、ふしぎな探偵でなければ見破ることが出来ないのですね」

「君はそう思っているだろうね。しかし、いくら僕がふしぎな探偵でも、君の話を聞いただけでは、あんな結論は出なかっただろうよ。種あかしをするとね、僕は小林に美禰子の前歴を探らせたのだ。そして、美禰子と親しかったが今は仲たがいになっている二人の女に、別々にここへ来てもらって、よく話を聞いたのだ。それで美禰子という女の性格が分かったのだよ。僕が金魚鉢に気がついたのは、そういう手続きを経ていたからだ。だが、その時はもうおそかった。僕の力では事前にそこまで考えられなかった。あとになって、不思議な殺人手段に気づくだけがやっとだった」

明智はそういって、プツンと黙りこんでしまった。庄司巡査部長は明智のこんなにうち沈んだ姿を見るのは、はじめてであった。

（『産業経済新聞』昭和二十九年六月連載）

注1　お百度をふむ
　頼みごとを聞いてもらうために何度も訪問すること。

注2　ルーズベルト
　フランクリン・デラノ・ルーズベルト（一八八二〜一九四五）。アメリカ合衆国第三十二代大統領（任期一九三三〜四五）。小児麻痺のため、足に障害があった。

注3　隣組
　戦時中に整備された、近隣の数軒の世帯を一組とする組織。町内会の下部組織として回覧板などで情報を伝達し、物資の配給や供出、防空活動などをおこなった。

注4　オノト万年筆
　イギリスのデラルー社製の万年筆。丸善が輸入し、夏目漱石が愛用していたことで知られる。

注5　細引
　細引き縄。麻などをよりあわせた細い縄。

注6　マツオカ
　松岡洋右（一八八〇〜一九四六）。昭和十五（一九四〇）年、日独伊三国同盟成立時の外務大臣。翌年独伊を訪れ、ヒトラーとムッソリーニに歓迎された。

注7　生人形
　生きている人間のように見える精巧な細工の人形。見世物として興行された。

注8　アプレ成金
アプレはフランス語で戦後派を意味するアプレ・ゲールの略。戦後の混乱時に急に金持ちになった人。

『偉大なる夢』解説

落合教幸

昭和十八（一九四三）年から十九（一九四四）年にかけて書かれた「偉大なる夢」は、乱歩の作品のなかでも異色の長篇小説となっている。それまで乱歩が書いていたような探偵小説を、もはや発表することができなくなった状況下で、外国のスパイから兵器開発にかかわる秘密を守るという、防諜小説として書かれたものである。

昭和十年代、戦時体制へと向かう言論の統制は、探偵小説を圧迫していった。昭和十（一九三五）年前後には、探偵小説は多くの読者を獲得していたのだが、次第に刊行が困難になっていく。過激な表現が問題視されるだけではなく、娯楽のための読み物の存在が受け入れられにくくなっていったのである。

昭和十年前後には、江戸川乱歩や横溝正史（よこみぞせいし）、甲賀三郎（こうがさぶろう）といった、大正末に登場していた作家たちに加えて、新しい探偵小説の書き手も活躍している。

乱歩は「悪霊」を連載途中で断念し、「お詫び」を掲載するに至るという失敗をした。

だが、「黒蜥蜴」「人間豹」といった従来の読物長篇の連載は続け、加えて「怪人二十面相」「少年探偵団」で、少年物にも領域を広げた。そして、『日本探偵小説傑作集』『世界名作探偵全集』を編集、この時期を代表する探偵小説雑誌『ぷろふいる』で「鬼の言葉」を連載するなど、評論にも力を入れている。

博文館を退社した横溝は、作家活動を本格化しようとした矢先に、結核を発病してしまう。しかし、療養しながらも「鬼火」「蔵の中」「真珠郎」といった作品を生み出していった。

病に倒れた横溝に代わり、『新青年』昭和八（一九三三）年七月号に掲載されたのが小栗虫太郎「完全犯罪」であった。翌年には「黒死館殺人事件」を連載、多くの書物からの引用をちりばめた、衒学的な作風が話題となった。

夢野久作は大正末から『新青年』に作品を発表していたが、昭和十年一月、長篇『ドグラ・マグラ』が書き下ろしの単行本として刊行されて評判になる。

木々高太郎は昭和九（一九三四）年「網膜脈視症」で登場した。『新青年』に短篇を発表しただけではなく、『ぷろふいる』では探偵小説の芸術性をめぐって甲賀三郎と論戦をしている。『新青年』に連載した小説「人生の阿呆」は、直木賞を受賞した。

この乱歩のいう「探偵小説第二の山」は、昭和八年ごろに始まり、昭和十二

(一九三七)年頃に最高潮となって、そこから下降線を描いていく。

昭和十一(一九三六)年の末に『月刊探偵』『探偵文学』が廃刊、十二年には『ぷろふいる』に加え『探偵春秋』も廃刊となった。十三(一九三八)年には『シュピオ』も廃刊した。探偵小説界の中心としての役割を担ってきた『新青年』は、刊行を続けていたものの、その内容は探偵小説から離れていった。

乱歩にとっても苦しい時期が始まっていた。昭和十三年の乱歩は、前年から続いていた連載の「幽霊塔」「悪魔の紋章」を完結させたが、それ以外には少年物の「妖怪博士」だけしか書いていない。翌十四(一九三九)年には、乱歩は再びいくつかの長篇連載に取り組むことになるが、この年を最後に乱歩の活躍は途切れることになるのだった。

昭和十四年の長篇は「暗黒星」「地獄の道化師」「幽鬼の塔」である。これらについて後年書かれた解説を読むと、「犯人の隠し方にくふうをこらした」「犯人の意外性の構成は、ややうまくできていたのではないかと思う」と乱歩は述べている。しかしその一方で、「まことに熱のない」「あまり私の癖の出ていない」とも書いている。表現に制限を感じながら執筆を続けることは、乱歩には不可能になっていた。

こうした状況下であるにもかかわらず、新潮社は『江戸川乱歩選集』を企画する。少年物を始めてから乱歩の本は以前より売れるようになってきており、新潮社から刊行していた「黒蜥蜴」「幽霊塔」などの売れ行きを見てのことではないかと乱歩は推察している。選集の刊行は昭和十三年九月から十四年九月まで、全十巻となった。ところが、この選集は事前検閲にかかり、たびたび書きかえを命じられることになってしまう。出版社から当局にゲラ刷りを提出すると、問題視される個所に赤線が引かれる。出版社経由でそれを受け取った乱歩は、同じ行数で別の文に変更しなければならない。それが繰り返されたために、乱歩は疲弊していく。

「そのころ、内務省図書検閲室には私の筆名も大きく貼り出してあり、最も注意すべき作者の一人として監視の的になっている由、人づてに聞いたこともあった」(『探偵小説四十年』)と乱歩は書いている。「私の係りができているという噂を聞くにいたった」。乱歩自身が呼び出されることはなかったが、編集者がしばしば呼び出された。

さらに十四年の三月には、春陽堂の文庫版短篇集『鏡地獄』から「芋虫」を削除することを求められる。「表向きの禁本はこの一篇なれども、事実上の禁本は十六年度に至り殆んど全作品に及ぶ」と『貼雑年譜』にある。

「昭和十五年末ごろまでは盛んに版を重ねていた私の文庫本(新潮文庫六種、春陽堂の文庫十八種)や、講談社の少年本(註、「鉄仮面」「怪人二十面相」「少年探偵団」「大金塊」「妖怪博士」)なども、十六年度からは、その筋の意向をくんで、出版社自ら整理し、重版を見合わせる傾きとなり、印税収入も全く当てにできない状態となった(註、文庫本も少年ものも、それまでは絶えず重版していたので、それらの印税だけでも、生活はできたのである」(『探偵小説四十年』)。こうして昭和十六(一九四一)年には、乱歩の文庫本や少年物までもが絶版となった。

この昭和十六年の十二月には、対米英宣戦、真珠湾攻撃がおこなわれる。これと前後して戦時体制が個人の生活にも強い影響を及ぼすようになっていった。この状況は乱歩に「実に恐るべき変化」をもたらすことになる。

「私はそれまで我儘な人嫌いで、孤独を愛し、孤独の放浪を愛し、家にいれば終日床の中で暮らすという、始末におえない生活をしていたので、向こう三軒両隣のつき合いなど、思いもよらぬことであった」。こうした性格だった乱歩が、隣組常会に出席する。そこでいきなり役職を担当することになってしまう。

隣組には長老格と勤め人しかいなかったので、昼間在宅している乱歩が防空群長を引き受けざるを得なかった。しばらくすると乱歩は、いくつかの隣組をまとめる部長に昇進する。乱歩は防空訓練や事務作業にのめり込んでいき、意外なほどの適性を示した。その結果、さらに広い範囲を管轄する町会副会長に選ばれるまでになるのだった。

こうしたなか、昭和十七（一九四二）年、乱歩は『少年倶楽部』のすすめで別の筆名、小松竜之介を使い「智恵の一太郎」を連載している。昆虫の話など、科学的な事柄を扱ったものだが、それでも書き直しを命じられることもあった。

このように、昭和十四年の「暗黒星」「地獄の道化師」「幽鬼の塔」以降は、わずかに少年物しか書いていなかった乱歩が、昭和十八年末に長篇連載を開始することになる。それが「偉大なる夢」である。掲載誌は新潮社『日の出』で、以前には「黒蜥蜴」（昭和九年）、「悪魔の紋章」（昭和十二〜十三年）、「幽鬼の塔」（昭和十四〜十五年）を連載した雑誌である。

この時、雑誌に「江戸川乱歩」の名前で小説を掲載するため、編集部はかなりの苦心をしたようである。掲載予告には以下のようにある。

「思想戦に勝つか敗けるかが国家存亡の重大なる岐路をなす秋、科学力を利用して宣伝謀略に挑みくる敵を、どう打ち破るか？　防諜指導界の権威者と屡々会合をとげ、数十旬臥薪の構想を練った筆者が、大いなる自信をもって、いよいよ次号から世紀の国策小説ともいうべき大作を発表することになりました」

乱歩とともに、陸軍、海軍、内務省、外務省、警察などの担当官が出席した会合の写真も掲載された。

十一月號より防諜長篇小說を新掲載!

豫告

「偉大なる夢」 江戸川亂歩 玉井德太郎畫

思想戰に勝つか、敗けるか、國家存亡の重大な岐路をなす秋、科學力を利して宣傳謀略に挑みくる敵をどう打ち破るか？ 防諜指導界の權威者と屢々會合をとげ、數十何風霜の構想を練つた筆者が、大いなる自信をもつて、いよいよ次號から世紀の國策小說ともいふべき大作を發表することになりました。どうか御期待下さい。

（作者の言葉）

夢を蔑視せよ。われらの陸海軍は皇國三千年の夢を實現しつゝあるではないか。偉大なる夢と月々火々水木金々の努力、斯くして偉大なる現實は生れるのだ。夢無くして科學は無い。科學の進步は天才の夢に負ふ所如何に多大であるか。科學史の頁が之を證明してゐる。現實に先行する夢なくして現實の進步はない。

今や完全なる勝利か、しからずんば、國民一人のこらずの死あるのみである。眼前の現實に躊躇していたづらに物資の不自由をかこつことをやめよ。卑小なる保身を離れて、偉大なる夢を抱け。

私は一つの夢を語らうとする。無論、昔日の惡夢を語るのではない。昔日の惡夢は悉くかなぐり捨て、私の力の許すかぎりにおいて、大いなる正夢を語らうとするのである。

江戸川亂歩氏

「偉大なる夢」連載予告（『貼雑年譜』より）

「偉大なる夢」連載開始広告（『貼雑年譜』より）

そして乱歩も「作者の言葉」にこのように書いた。「今や完全なる勝利か、然らずんば国民一人残らずの死あるのみである。眼前の現実に跼蹐（きょくせき）して、徒らに物資の不自由を喞（かこ）つことをやめよ。卑小なる保身を離れて、偉大なる夢を抱け」

小説が国策に沿ったものであることを強調し、さらに「新連載科学小説」として開始されたのが「偉大なる夢」だった。

乱歩は、この小説の核となるトリックと犯人の来歴にかかわる着想については、連載開始時に決めていたようだ（「探偵小説三十五年」）。「しかし、それをどんなうまいプロットにのせるかということが（前にも書いた通り、それがわたしは至極下手なので）まだきまらないうちに、第一回の締切りが来て、あやふやのままに書きはじめ、結局、中途でさんざん手こずって、筋の曲折の面白さのない、ぶざまなものが出来上ってしまったのである」

だが、この小説で使われたトリックについて乱歩は自負もあり、のちにジョン・ディクスン・カーに同種のものを発見して驚くことにもなる。また、この「偉大なる夢」は戦後に刊行されることはなかったこともあり、別の作品でもかたちを変えてこのトリックを使用している。

「偉大なる夢」は、昭和十九年の十二月号で完結した。翌二十（一九四五）年には東京への空襲も激しくなり、乱歩は福島に疎開、そこで終戦を迎える。年末に東京へ戻った乱歩は探偵小説の復興へと動き、乱歩の作品も復刊されていくことになる。

しかし、アメリカを敵として描いているこの「偉大なる夢」は、戦後に単行本化することは不可能だった。その後も乱歩はこの作品を刊行することはなく、乱歩の存命中の全集にも収録されていない。没後の昭和四十五（一九七〇）年、講談社の全集に収録されたことで、ようやく戦後の一般読者にも読まれるものとなったのだった。

戦後の乱歩は、探偵小説の復興に力を注いでいく。小説を書く意志はあったものの、多忙もあって執筆に着手することができなかった。しかし、評論・随筆を数多く発表して、探偵小説を積極的に紹介し、広めていくことに貢献している。

また、出版関係者や新人作家との交流もあった。そうしたなかで、読売新聞の白石潔とも知り合うことになる。白石は、『探偵小説の郷愁について』『行動文学としての探偵小説』といった著書もある、探偵小説評論家でもあった。昭和二十五（一九五〇）年、白石は報知新聞に移った機会に、乱歩に短篇を書くことを約束させる。新年会で酒に酔った乱歩に、タイミング良く依頼したのだった。そして書かれたのが「断崖」である。

次號豫告

江戸川亂歩遂に起つ!!

巨人は眠むりからさめた
「芋蟲」「陰獸」の作者大亂步が
戰後最初の本格探偵小說！

断崖

五月の雨の夜、妻の寝室に忍びよる怪しい男。
突如！鳴り響く銃聲に、崩折れる男の手から、
ギラ〱光る短刀が床におちて突き立った!.
恐るべきサスペンス！　恐るべきトリックの
獨創！　御期待あれ!!

宝石

断崖

巨匠!!大江戸川乱歩の戦後最初の書下し傑作

ユーモア探偵小説

呪縛の家　高木彬光

湖底の囚人　島田一男

火星への道　香山滋

新連載小説

甘美なる殺人

岩谷書店

現代犯罪捜査の科學

見よ!!
この完璧を誇る内容

「断崖」予告と掲載号『宝石』の表紙（『貼雑年譜』より）

中篇あるいは短篇としては、「石榴」以来であり、十五年以上の年月が経っていた。多くの編集者や読者が乱歩の復活に期待したが、しかし乱歩はその後続けて小説を書くというようにはならなかった。翌年の翻案小説「エンジェル家の殺人」が唯一の例外で、またしばらく間が空くことになるのだった。少年物は「青銅の魔人」から光文社の雑誌『少年』に連載を続けていったが、まだ本腰を入れて一般向けの小説を書く気にはならなかったようである。

乱歩は昭和二十九（一九五四）年に還暦を迎え、十月には盛大な祝賀会が開かれる。乱歩の還暦を記念した『別冊宝石』には「化人幻戯」の第一回が掲載され、翌三十（一九五五）年『宝石』に連載される。三十年には「影男」「十字路」「月と手袋」など、いくつもの作品が書かれ、わずかな期間ではあったが小説の執筆に本格的に復帰することになる。

「兇器」は、その直前となる、昭和二十九年六月から七月にかけて発表された短篇である。多作期へと入る、ある種の助走として位置づけられるだろう。

監修／落合教幸

協力／平井憲太郎
　立教大学江戸川乱歩記念大衆文化研究センター

本書の、「偉大なる夢」は『江戸川乱歩推理文庫』（講談社　平成元年刊）を、「断崖」と「兇器」は『江戸川乱歩全集』（春陽堂版　昭和29年〜昭和30年刊）収録作品を底本としました。旧仮名づかいで書かれたものは、なるべく新仮名づかいに改め、筆者の筆癖はそのままにしました。漢字は変更すると作品の雰囲気を損ねる字は正字体を採用しました。難読と思われる語句には、編集部が適宜、振り仮名を付けました。

本文中には、今日の観点からみると差別的、不適切な表現がありますが、作品発表当時の時代的背景、作品自体のもつ文学性、また筆者がすでに故人であるという事情を鑑み、おおむね底本のとおりとしました。

説明が必要と思われる語句には、最終頁に注釈を付しました。

（編集部）

江戸川乱歩文庫

偉大(いだい)なる夢(ゆめ)

著者　江戸川乱歩(えどがわらんぽ)

2019年6月28日　初版第1刷　発行

発行所　株式会社　春陽堂書店

104-0061　東京都中央区銀座3-10-9
KEC銀座ビル9F
編集部　電話03-6264-0855

発行者　伊藤良則

印刷・製本　株式会社マツモト

乱丁・落丁本は、ご面倒ですが小社営業部宛ご返送ください。
送料小社負担にてお取替えいたします。

ISBN978-4-394-30169-1 C0193